JN120579

生きていて良かった
虐待されても

もくじ

もくじ

推薦のことば

「心的外傷（トラウマ）後ストレス障害は治る。ただし、その為には長期にわたる必死の支え・真の理解・愛・包容力が要る」

山中康裕（やまなかやすひろ）（京都ヘルメス研究所長・京都大学名誉教授・医学博士）

本書は、二歳から「お前など産まなければよかった」と、家を建てるとの至上目的のため、幼児期から通常の食事の量の三分の一にも満たない食事、つまり、ほんの僅かばかりの飯粒とお湯にスポイトで二滴醤油を垂らしただけの汁を数年間与えられ、つまり、よくぞ生き残ったと思われるほどの虐待による慢性欠食状態が持続し、身長も伸びず、しかも、更に悪いことが重なって、十一歳から、出世の為にと寒冷地への父の転勤により転校した学校にいた六人のワルガキたちによる連日の実に酷（ひど）い「いじめ」（数匹のスズメ蜂に肌を刺させる・数個の画鋲を太腿にさす・三階の窓からパンツだけの姿で逆さ釣りする・熱いアイロンを背中に当てる・扉を思い切り閉めて首を挟む等々）の虐待が続き、更に酷いことに、教師までもが加担して、硫酸溶液に指を突っ込ませ、指先を火傷させたり、スケープゴート三人の反対だけで他は教師の言いなりに無理やり多数決して、「校内暴力は一切無かった」ことにしてしまうという暴挙などによって、何度も気を失い・死にかけたり・悔しい思いをしたりの恐怖の連続に、よくぞ死なずにこれまで生き延びたものだと思われるくらい悲惨な状況下にさらされ続け、しかも、この両親は彼女の毎日の生傷や痣（あざ）や紫斑を見て見ぬふりするどころか、さらに追い打ちをかけるがごとく酷い罵声を浴びせ・無視する、ということが重なって、ついに、「心的外傷後ストレス障害・多重人格」を発生してしまった女性の実録である。まったくの素人の記録なのだが、驚くべきことに精神医学的には極めて正確であり学問的資料としても、また学校内暴力の酷い実情の赤裸々な事実記録としても、第一級の価値がある。

ところが、この女性・良子さんには、一方で、音楽というこれだけは幼児期から習わせて貰っており、十五歳に転校して京都に住むようになる頃、たまたまアルバイトのお店でピアノを弾かせて貰った折りに、モーツアルトでもベートーヴェンでも弾けるし、美空ひばりや尾崎紀世彦の歌に合わせてすぐに即興で伴奏できるほどの才能があった。そのことが核にあったからであろう、周りには心優しい人たちが必ずいて、パンや食事を惜しみなく与えられることも度々あった。

しかし、全く同月同日の、三十年も隔てた過去の状態に、突然「退行」するという症状が発生し、この「心的外傷後ストレス（いわゆるトラウマ）障害・多重人格」が現れたのである。そうなると、「いいときの普段の自分」は一切消え失せ、ただただ、あの恐怖の時が現前（フラッシュバック現象）し、「ただ幼いだけでなく壊れかけた自分」が姿を現し、一切の現実は身を潜めてしまう。

ところが、この状態から救い出した人がいる。それが、本書の伴走者、つまり、彼女の夫となった「たつみ寛」氏である。彼が徹底的に彼女に付き添い、ありのままの彼女をそのまま受容し、ただひたすら彼女の語りに耳を傾け、これらの悲惨な状況を明るみに出し、「表現する」ことによって文字化に専心した。そのことによって、ついに本書のタイトルとなった「生きていてよかった虐待されても」は、端的にこの女性が真に自分を取り戻した証拠である。

まさに、氏こそ、ちょうど、われわれ精神療法家がすることを、ひたすら成し遂げ、彼女は乖離した複数の自分をきちんと取り戻し、それらは繋（つな）がって一人の「良子」になって、本書の成立することとなった。なお、私と氏とは、たまたま、五十年前の若い頃からの知己であったので、この推薦文を依頼されたのであった。

推薦者略歴

【山中康裕（やまなかやすひろ）】

一九四一年　名古屋市生まれ。
一九七一年　名古屋市立大学大学院医学研究科修了、医学博士。精神科医。
一九七七年　南山大学助教授。
一九八〇年　助教授として京都大学赴任。
一九九五年　京都大学教授昇任。
二〇〇一年　同教育学部長・研究科長。都合二十五年間京都大学に勤務。
二〇〇五年　同大学退職以来、京都大学名誉教授。京都ヘルメス研究所長・現職。

〈公職〉

二〇〇七年　第十九期日本学術会議会員（任命権者、小泉純一郎）。日本精神神経学会評議員、日本心理臨床学会編集委員長、日本箱庭療法学会理事長、日本臨床心理身体運動学会会長等多数歴任。ハーバード大学でエルンスト・クリス賞、日本芸術療法学会賞など受賞多数。世界表現病理・芸術療法学会副会長、国際箱庭療法学会創設理事、国際表現療法学会会長を十年務めて現・名誉会長。著書『山中康裕著作集』（全六巻）、『山中康裕の臨床作法』ほか多数。

はじめに

「若い皆さんにお願い」

今あなたの子どもさんへの虐待やネグレクトが止まらない方、あるいは青少年、少女の皆さんの内で、もしも弱い立場にあるクラスメートらに対して精神的、身体的痛みを与えている人がいるなら、どうか振り上げているそのこぶしを降ろして下さい。その暴力やいじめを受けている相手が私のようになる前に、皆さんの激しい怒りを沈めて下さい。そうでないと痛みを受けている側はもちろん、害を加える側の双方に、一生涯取り返しのつかない不幸を招いてしまう事をすべての人に私は伝えたいと思います。

私は長年殺人未遂に匹敵するほどの暴力を受け続けてきた結果、現在重度の「トラウマ」障害を身に受けて、心も体も完全に破壊され、その苦しみを日々味わっている者です。本来なら私も社会に出て行き、当然税を納めて、一人前に社会貢献をするはずでした。しかし、現実的には、もうそれはできなくなり、逆に一生涯、あらゆる保護を受ける側に立たされています。これは被害者側の不幸ですが、反対の立場の人の不幸は、子どもの頃、相手に苛(いじ)めなどの害を加えていたとなると、その子が成長して社会に出て、どれほど立派に活動ができるのでしょうか。また、その子が将来結婚した時、安定した良い家庭を築けられるでしょうか。昔の癖が出て自分の子どもにも手を振り上げてしまう事はないのでしょうか。

私が十代初めに預けられた施設で、知り合った少女が、「うちナァ、小三の作文で『私がしたいと思う親孝行』という題で『うちにできる親孝行は毎日うちに暴力をするおかちゃんをうちが殺してしまう前に親の家から出ていく事です』と書いて担任の先生に出したんよ」と話していた子がいました。あの日から四十五年過ぎたある日、私が見たニュースの中にあの作文を書いた女の子がすっかり成人した姿で出ていたのです。それがなんと、母親に灯油をかけて焼き殺してしまったとの悲しいニュースでした（本文二四〇〜二四四頁）。このような悲しい出来事を作らないためにも、どうしても非道な虐待や苛めは食い止めなくてはなりません。このように言う私に一体何があったのか、どうぞ本文を読んで下さい。これは決して根拠のない作り話でも、妄想による発言でもありません。本文を読んで下さる皆さん、これを機会に重症化した「トラウマ」は、実に人の心を回復が難しい恐ろしい障害にしてしまう事を知って下さい。私も先の女の子も、長期にわたる虐待で、すっかり心が破壊されて、一生涯医療の助けを必要としています。どうぞ私のように苦しむ人を増やさないためにも、また、今他の人に手を上げている方ご自身が、不幸な人生を歩まずに済むためにも、その手を降ろして下さい。なお、今回本書をまとめるにあたり、私の後見制度の保佐人をしてくれている主人、たつみ寛に、私の思いを書き上げる作業を一任しました。

良子（仮名）

著者から一言　記載　寛（かん）

良子は、幼い頃から何らかの落ち度もなく、また明らかな理由があった訳でもないまま長年激しい虐待を受けてきました。その結果、回復することが困難な重い「トラウマ」を発症させてしまいました。本来ならば、すでに死を選んでいても何ら不思議ではない中にあり、それでも本人は強いてそれとは反対に現在は「生きていて良かった」と言える日々をかろうじて送っています。実際には、気持ちの上でのことでしょうが、本人にとっては、どん底の長いトンネルからやっと抜け出せたと今は気分的にも将来への明るい見通しを得たとの喜びを感じています。

この良子の現状を知る方々より、現在の状態に至るまでの出来事や心境を一冊にまとめてはどうかとのご提案をいただき、本人もそれを強く希望しておりましたので、今回このように私が本人の思いをまとめることにしました。

現在は個人保護が強く叫ばれているのにもかかわらず、このような個人の深刻な状況をあえて公表する決心をした良子の計り知れない思いは、本書を一読くださる方々には、きっとご理解いただけることを感謝いたします。

ところで、本書の中で良子が文章化した一文には、ともすると個人的には受け入れ困難を思われる個所や本人の病的原因によって発する根拠のない妄想とされてもやむを得ないと思われる文脈が見受けられるかもしれません。しかし、この際どうぞ個々の固定的な観念や見解はその場に伏せていただきまして、良子本人の一文を通して重いトラウマ障害を抱えて日々「退行現象」にみまわれながらも残された人間らしさを大切に、それなりに生きている者がいることを覚えてくださるならば幸いです。

詩「タンポポ魂」を心の糧として　記載　寛

長年、私が心に止め、座右の銘のごとく親しみいだいている詩「タンポポ魂」を初めて目にしましたのは、私が二十代後半の頃と記憶しています。その詩は愛媛県に在住していた詩人坂村真民先生が毎月発行された個人詩誌「詩國」第八巻一月号の表紙を飾るがごとく記されていた力強い詩です。

「タンポポ魂」の詩はその後も多くの人々の心に深く染み渡って、大きな希望を授けて来ました。世間一般では、ほんのわずかな人のみが手厚く優遇され、その枠から外れて希望も絶たれたようになって、ともすると「自分は落ちこぼれ者か」と思い込み悩み苦しむ人々がなんと多くいる事でしょうか。その多くの人々へのエールとメッセージがこの短くも、力あふれる詩の中に込められているからこそ、人々に気力を奮い立たせる原動力となって、今日にいたっています。

康起伯父から私が「詩國」第八巻を譲り受けて、五十年にはなろうかと思います。真民先生の個人詩「詩國」は一九六二年に発行され、二〇〇四年には五百号に達し、その間先生の心温まる数々の詩に触れるチャンスに恵まれた人々の心をずっと潤し続けています。

先頃、久しぶりに伯父から譲り受けた「詩國」第八巻を懐かしく拝読しました。その発行日が昭和四十四年一月と記されてあるのを見て、この度本書で紹介しました良子が十代初め、彼の地へ移り住んだ後、精神的身体的に苦痛を受け始めた、昭和四十三年と重なるようにこの「タンポポ魂」の詩が発表された事を知って、当の良子自身大変大きな驚きを感じています。

その頃、真民先生は六十歳を迎えておられましたが、当時十一歳だった良子も今はあの頃の真民先生の年齢を過ぎました。今思い返しますと「タンポポ魂」の詩を一番タイミングの良い時に伯父から紹介された私とその数年後知り合った良子は、この詩を私から聞いて後、そのまま心に根を張ってとにもかくにも今日まで生き続けて来る事ができました。

真民先生も伯父も今はすでに遠く旅立っていますが、お二人にひと言感謝の気持ちを表したいと願っています。何の説明も解釈も不用として、そのまま心に深く染み込む「タンポポ魂」の詩の中から何かを感じてくださった人々が、その思いをこの詩とともに次世代の人々に伝えてくださいますようにと希望しています。

タンポポ魂

踏みにじられても
食いちぎられても
死にもしない
枯れもしない
その根強さ
そしてつねに
太陽に向かって咲く
その明るさ
わたしはそれを
わたしの魂とする

（作）　坂村真民
「詩國」第七九号
昭和四十四年一月十日発行

第一章　回想の時

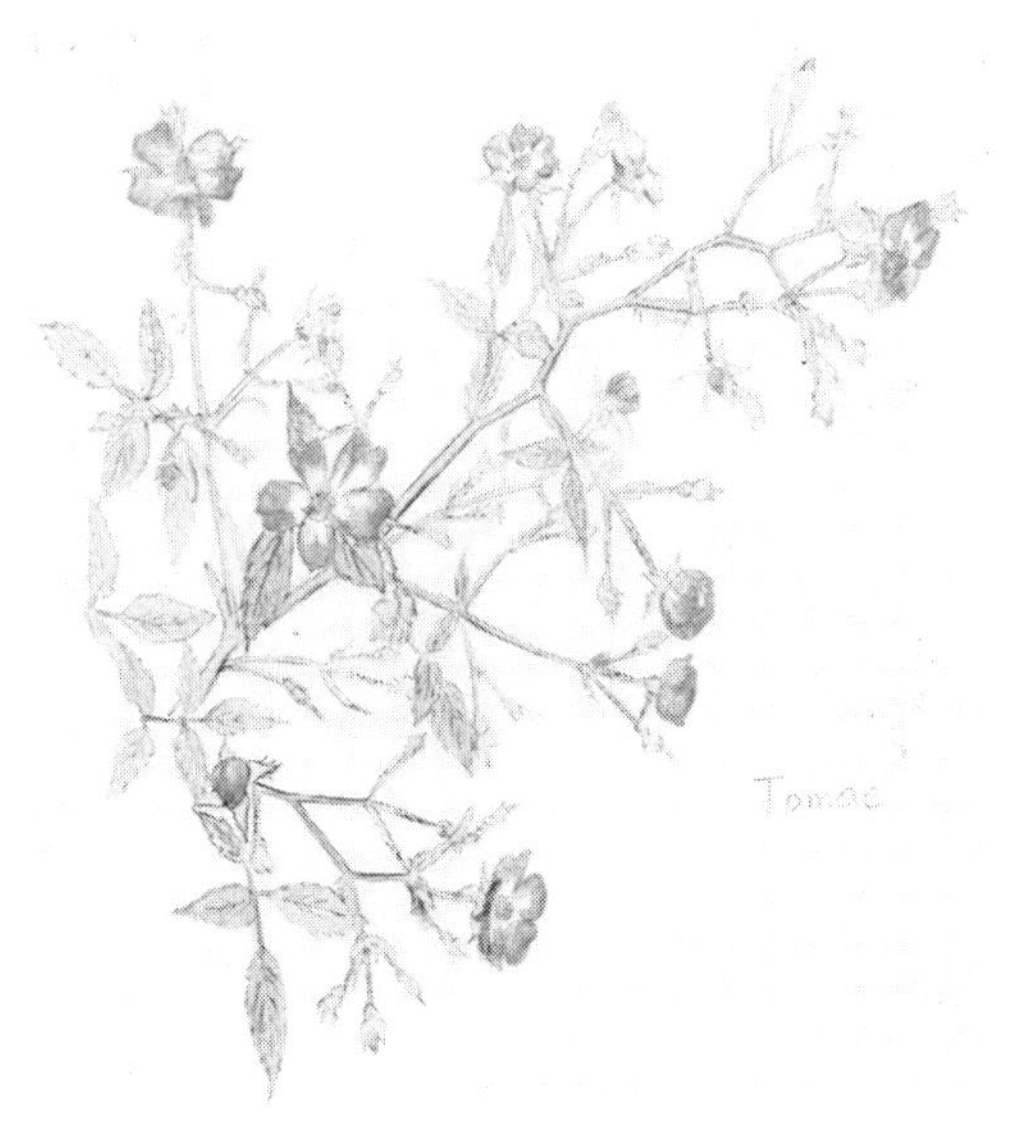

公害病と大型台風の地に生を受けて

記載　寛

昭和三十二年四月中頃、三重県四日市で良子は生まれました。この四日市の地名を世に知らせた出来事がその誕生を前後して、二つあります。一九五〇年代に、生産工程の効率を良くするために、結び合わされた工場がこの地に造られました。その結果、生産性は向上したのですが、多くの工場から大気中に押し出された物質が原因で、住民の間に気管支炎を発症する人々が増えました。この事が社会問題にされたのが丁度この頃でした。その後年「公害が原因となって起こる病気」と認められ「公害病」として一九七二年に「四日市喘息」と認定されました。さらに良子が誕生した二年後の昭和三十四年九月二十六日に潮岬付近に台風が上陸し、名古屋の西から富山湾を経て、三陸沖に抜ける大型台風となり、それは伊勢湾の高潮と重なったことから、その被害は大きさを増し、死者及び行方不明者五千名を出す程の大惨事となりました。この台風は後日「伊勢湾台風」と名付けられ、のちに人々が台風などの災害に強い関心を持つきっかけになりました。この大型台風が四日市を襲った当時、良子はまだ二歳だったので、当時のことは何も覚えていませんが、良子の母親が語る節々から、当時台風がもたらした様子を知る事が出来ました。その頃はまだ自然災害から我が身を守る手段として、安全な場所へ避難する等の対策はあまり取られていなかったのでしょうか、良子の両親はとりあえず、二階に上って災害が過ぎ去るのをただ待ち続けていた様です。やがて風も水も引き、家族は全員が難から逃れる事が出来たので階下へ降りました。そこで眼にしたのは、想像以上に悲惨な状態で、なす手だてを失ってしまう程の状況だったと聞きました。高潮による水害は犠牲者も多く出しましたが、この大型台風から良子一家は、一命を取り留める事ができました。

それよりも先に問題視されていた公害「四日市喘息」が猛威を振っているその真最中に生を受けながらも、良子はそれを退ける様に今日まで生かされて来ました。その事はやがてこの良子本人が受ける事になる人的被害に対する下準備であったかのように思われてなりません。

「トラウマ」心的外傷後ストレス傷害　記載　寛

生活習慣病や雑菌等による病気は日々の生活の中で衛生管理や健康上の安全に心を向けるなら、ある程度は避けられるでしょうが、「トラウマ」といわれる心の病は、ほとんど個人の日頃の心構えなどの予防対策だけで防ぐ事は困難と思われます。日常において平和に過ごしているその中で、不意に襲ってくる事故、災害等に巻き込まれて、思いもよらない「トラウマ」に悩まされてしまった場合、これは本人の過失からくる病ではないだけに、心の傷は深いものとなります。この「トラウマ」は強い不安や恐怖体験がストレスとなって発症するものだけに、個人の努力ではどうする事もできないため、本人の苦痛はきわめて深刻です。

良子は十一歳の少女期に、悪ふざけと弱い者へのいじめを好む子どもとの出会いがあって以来、日々繰り返された痛ましい仕業を長年受け続けた結果、本人の心と体に取り戻すことのできない大きなダメージを負わせられる事になりました。当時、連日その深刻な出来事を目の当たりに見ていながらも、良子の周囲にはそれを辞めさせようとする大人がいませんでした。弱い者を助けようとする気持ちが、希薄であったためか、あるいは何らかの都合でやむをえず、その行為を止めに入れなかったのか、今となってはその確かなことを推しはかる事はできませんが、当時多くの不都合が重なっていたので、本人は大きなダメージから抜け出すチャンスのないまま、いたずらに数年間一人で苦しんでいました。

当時の良子はかなり幼かったので、この悲惨な出来事から自分の身を守る事も逃れる手立ても一切分からずにいました。連日繰り返し行われた数々の虐待は日増しにエスカレートして、留まる事なく続きやがては自分の意志とは関係なく本人の脳の奥底で、説明不可能な現象が現れるまでになってしまいました。最初に良子の中に現れた現象は、実際には暴力をされているのは、まぎれもなく良子本人なのに、その時は他の少女が良子に替わって暴力を受けているとの、本来は決してあるはずのない事が、本人の脳の中では実際に今起きている出来事として受け止めることで「今辛い事や痛い事をされているのはこの良子ではなくて、あの女の子が暴力を受けているのだ」としました。そうすることで自分への荒々しい虐待の痛みすべてを、本人だけに見える現象の中の少女に移すことで、実際には本人が受けている痛みを小さくしていたかのようです。そればかりか、その時、本人良子は自分以外の女の子が自分に替わって暴力をされている様子を、その近くに立ってじっと見ている、という妄想的現象の中に入り込む事で、「この暴力の痛みは自分には全く関係ない他人事だ」とする事ができたようです。

この頃になると、良子の脳は当事者である本人からは完全に独立し、本人の思いも一般常識をも一挙に飛び越えて、全く不思議な活動を始めました。それは長い間暴力が連日続いていたのにもかかわらず、ほとんどの大人がそれを放置したため、良子の脳が日々うろたえる良子本人に替わって一般常識も道理をも遥かに越えて独自の働きをしてくれたのだろうと理解しています。

後遺症として表れた「退行現象」　記載　寛

長年残酷な虐待を受けて来た良子は、身も心も正常を保てなくなったばかりか、思考力や判断力、そして意思決定をする力までが、ダメージを受けてしまいました。激しい暴力による恐怖は、我慢できる限度を越えてしまい、現在では回復不可能な後遺症を残す結果となりました。それは、時間の流れに逆行する「退行現象」です。それはタイムスリップしているようにも思われるのですが、現実の世界から外れて瞬時に過去や未来に移動するＳＦ（空想的小説）の中の物語ではなく、ノン・フィクションで真に現実の世界で良子の脳の中で起きる実際の出来事です。

それは、すっかり成人している良子が二歳から十六歳までの十四年間に体験させられた恐怖を、一年周期で年齢ごとに同じ月の同じ日を迎える度に、一つ一つの体験を記憶の部屋から引き出してはまるで今日された出来事として訴える、という不思議です。それは本人の脳が二歳から十六歳までの部屋に分かれ、必要に応じてタイムスリップした年齢に起きた事を引き出して真剣に語る日々です。良子が二歳頃から始まった母親のネグレクトは、良子の成長を助ける食事の量を極端に減らす事や衣服の世話を怠ける行為、そして、やたらと手を振り上げ「お前なんか産むのではなかった」などの言葉の暴力で恐怖心をあおることでした。

そのネグレクトを当時の年齢まで退行した良子が手振り身振りで一生懸命伝えようとします。幼い頃の良子は、母親からの言葉かけや本の読み聞かせなど一切なかったので、二歳になっても自分の身に起きている出来事を言葉で周囲の人に伝える事ができませんでした。少し歩けるようになって、隣の家に遊びに行けるようになった後、そこのおばちゃんが良子の言葉の遅れに気づき、言葉を教えてくださったので片言ながらも会話ができるようになりました。五、六歳に退行した時の良子が語る事は、保育園での楽しい出来事です。保育園へ行く年齢に達した良子は、保育園へ行っている間、母の押さえつけから解放されるので子どもらしさを全身で表す様子を伝えています。七歳から十歳に退行した時に語る事は、母親からのネグレクトはそのまま続いていたが、小学校で出会った担任の先生やクラスの友達に支えられて、充実した日々を過ごしている事を語ります。十一歳から十四歳に退行すると、状況は一変して今まで良子の身に体験した事のない恐ろしい出来事を次々と訴えるように語ります。その恐怖体験が原因で良子は後年この「退行現象」を発症させる後遺症を身に受けてしまいます。当時誰一人としてこの痛ましい状況を想像できた人はいなかったでしょうが、幼い良子の脳が数々の凄惨な行いを処理するにはあまりにも無謀な暴力だったため、その時の出来事を脳自体が各年齢に分けて、それを記憶として留めていたように思います。

これは、実に分かりにくく、その状況を言い表すのはさらに困難を感じます。「このような事が事実脳の中で起こるのだろうか、これは本人の妄想による出来事を話しているのでは」と判断するのは簡単です。この場では個々の思うところや意図等はさしおいて、今は本人が語る事をありのままに事実として受け入れ、本書に記載してあるような体験をしている者が、実在していることを知っていただければ幸いです。十五歳、十六歳に退行した時の良子が語る事は、約四年ぶりで京都へ帰った後、心温まる人々との出会いを通して心癒される体験です。良子の退行は毎日、日暮れとともに始まります。そして、次々と退行が替わるとその度に、他の年代の良子には全く記憶がなくなる空白の時間帯ができてしまいます。その時はまるで頭の中に真っ白な穴が開いたようになって恐怖さえ感じています。このように、退行が日暮れに起こるのは、良子への虐待がいつも森などの薄暗いところで行われていたためのようです。

私に見せた初めての退行　　記載　寛

その日の良子は何かに追われているように周りを見渡しながら、その場に立ちすくむように、私の前にいました。それまでは、私と普通に話していたのに、なぜか急に私の事が分からなくなったように見えたので、どうやら良子の記憶に異常が出て、何もかもが分からなくなってしまったようでした。このようなことは、今まで全くなかったので、どうしたのだろうと思うと同時に、今、良子の身に起こっているこの不思議な出来事は、幼い頃その身に大きな虐待を受けて来た子が、心身ともに大きな痛みを体験した事による後遺症として表れる「退行現象」なのかもしれないと思いながら、その後の良子と向き合う生活を送ることになりました。

その時の良子は、不安に襲われたように見えたのですが、その後すぐ私を見るなりホッとしたように見えました。そして「あっ！　さっき良子を助けてくれた漁師さんだ！」と自分が知る人に会えて良かったと言わんばかりの喜びで、私に次々と話しかけて来ました。しかし、その時の良子は実際には四十六歳でしたが、まるで十代の少女に戻ってしまったかのような語り口調で、「ついさっきまで良子は海岸にいたのに、ここはどこ？」「いつも漁師さんたちは四人いるのに、あと三人の漁師さんはどうしたの」と語り初め、それは先ほどまで海辺にいた十代初めの女の子が、一瞬にして自分の知らない、また記憶のない別世界に来てしまった、と言わんばかりの不思議な体験をしているのだということが少し分かりました。このように不思議で現実ではないと思われる状態にある良子が、語る事すべてを本人の立場に立って受け答えをすることで、少なくとも本人のパニックだけはどうやら避ける事はできたと思ったのですが、その時、私の前にいる良子は昭和四十三年三月十三日に生きる良子にまで退行していたのです。

実際には平成十五年（二〇〇三年）三月十三日でした。もちろん、私は良子が知っている漁師さんではありません。また、現実的には現在は昭和四十三年でもありませんので、その時は、事実を伝えようかと思ったのですが、良子はすでに正常な判断をする力はないように見えたので、その時、事実を伝えてもそれを受け入れる事は不可能だと考え、退行している時は、退行したままの良子にこちらが合わせるようにしたことで、少なくとも本人は今日までパニックを起こさずに来られました。今まではすべて他に知られたくない事や不都合な事は「何もなかった」とされてきた良子は、自ら退行することで過去の隠されて来た出来事を数十年後のこの時間帯の人々に向かって、過去のすべてを表面化しているのでしょう。あまりにも長い間、厳しく残酷な仕打ちが続いたため、その恐怖は我慢の限度を超えて、脳そのものが正常に活動することが困難となり、恐怖による後遺症を発症させて、脳自体が新たな活動を開始したかのようでした。

現実の時間帯から瞬時過去の時間帯へと移動させるこの現象を良子の中に見た日、突然私を見て「アッ！　漁師さんだ！」と叫びましたが、退行していない本来の良子へ戻っている時、なぜ私を「漁師さん」と見間違ったのかを聞きましたところ、それは父親の都合で京都から引越した先の小学校で連日辛い仕打ちを受け続けていた良子はその日も、通学するのが怖くなり学校へ行く振りをして、近くの海辺へ行っていました。その日も赤いランドセルを砂の上に放り出して、朝から冷たいその砂に力なく座り込んで一人泣きじゃくっていると、その様子を近くで焚き火をしていた四人の漁師さんの目に留まり、火の側へ来るよう手招きと声をかけて迎えてくれました。漁師さんは毎朝早くから沖合まで船を出しているので、その日も仕事を終えてから、いつものように冷えた体を温めている最中でした。漁師さんが手招きしてくださった時の良子は、冬用の厚手の上着を上下とも脱ぎ下着一枚になって、全身を震えさせていました。「そんな薄着でいると、風邪を引くよ、こっちへ来て温まりな」と言う漁師さんの優しい言葉にすぐ服を身につけて、火の近くへ行き冷え切った体を温めることができました。良子の母は、なぜか良子が風邪をひいても三十八度以上の熱がないと学校を休ませてくれないので、なんとかしてでも学校を休みたかった良子は、必死になって三十八度の熱を出そうと考え、そのような薄着をしていたことと、そして、学校へ行けない理由も話しました。

四人の漁師さんは、良子がそこまでして学校を休もうとする事情を知り、「学校へ行けない日は、いつでもここへ来るといいよ」とその日から良子を漁師さんの仲間に招き入れてくれました。そして漁へ出る時は漁船にも乗せてくれました。漁を終えて焚き火が始まると漁師さんは、近くの店へ酒とおつまみと良子の好きな菓子を買って来てほしいと頼みました。「ハイ」と言ってさっそく出かけようとした良子でしたが、その店へ行く途中どうしても自宅前を通らないといけないことを思い出し、もし家の前あたりで母に出会ったりするとそれこそ大変なので、その事を漁師さんに話すと、「それならこの服を頭から被(かぶ)って行きな」と言って、大きな服を頭の上からすっぽりと被らせてくれました。このようなスタイルで何度か漁師さんのお使いを重ねているうちに、とうとう「ヒヤリッ」とする日が来ました。その日も大きな服を被って、自宅前を走り抜けようとした時、偶然にも家のドアが開いて中から母が出て来ました。「あっ！　お母ちゃんに見つかったのか」と思ったのですが、目の前を通り抜けて走り去ったのが良子だとは分からなかったようで無事に買い物をすませて、海辺で良子を待つ漁師さんの元へ頼まれ物を届ける事ができました。

このような出会いがあった四人の漁師さんの一人が、私と体型も顔立ちなども良く似ていることから十一歳に退行した時の良子は、今でも私を「漁師さん」と思い込んでいます。そのように思い込む事で、退行した後の良子は安心しているようです。なぜならば本当に不思議なことですが、その時の良子は、自分の知らない世界へ迷い込んだ状態になって、ただただ不安一杯になっていたからです。退行現象の中にいる過去の良子は当時聞いてもらう事も、解決される事もなかった辛い厳しい出来事を数十年後の時を越えて、今語り続けております。それは心ある人々が良子に寄り添って良子の語る事に耳を傾けてくださったからでした。本人がその時、語り続けるすべてを途中でやめようとする事なく、最後まで聞いてくださり、今の本人を理解してくださる人々が周囲にいてくださるからと思われます。

破壊された過去をここに書き表す　　記載　寛

普通は、どのような苦しい事でも時間の流れとともに忘れる事ができますが、良子に関しては脳への打撃があまりにも大きすぎたため、時が忘れさせてくれるというような、気の長いことなど言っていられないほど危うい状態に追いやられています。この苦しみの記憶は、成人後も本人の頭から離れる事なく、来る日も来る日も良子を長く悩ませて、その後には今まで本人も全く想像することのなかった「子ども帰り」とか「多重人格」の不思議な現象を表すまで悪化してしまいました。良子が、「子ども帰り現象」をその身に表すと、実際にはすでに五十年も前に本人が受けたはずの虐待行為であっても、本人は退行している年代にまで脳の働きを逆行させて「今さっき学校でこんな暴力をされた」と訴えてくるようになりました。

当初は、苦しい出来事を会話の中で訴えるばかりでしたが、やがてこの訴えを本人の提案で文章化させる事になりました。書き始めて数年間本人の思うまま、なぐり書き形式で日記を書くように、過去の苦しい出来事を書き表しました。これは、日記なので書きつけた年月日も当然記入しますが、その日付を見ると「昭和四十一年～四十三年」と記されてあります。しかし、実際は平成二十一年から数年間に記したものです。これは良子が、長い年月を飛び越えて「子ども帰り」とか「退行現象」をした時の年代にまで自分の脳の時を逆行させた結果、その日を昭和四十一年とした上で、すでに遠い過去にあったはずの苦しい出来事を、今日あった出来事として訴えます。

それは五十数年前、彼の地の人々から良子は完全に無視されて、何を訴えても何の助けも得られず、長年悶え苦しんできた事を今の時代の人々に訴えているかのようです。良子以外にも他人から不当な暴力や差別等を受けて、人間としての尊厳も権利も全く剥ぎ取られ無視され、そむかれてきた人々が遠い昔から現在にいたるまで、どれほどいただろうかと心を傾けています。過去にも、この無謀な暴力と強い責めを与え続ける相手から逃げ去ろうとするあまり、その相手を傷つけたり、誤って殺傷をするなどの事件を起こした人がいましたが、その原因がどうであっても、それなりの償いが求められ、その上、犯罪の汚名をも着せられた悔しさを度々報道等で見聞きします。

その度に良子は自分が受けて来た不当で苦しい体験と重ね合わせて深く心を痛めます。それは相手からの卑劣な行為などの出来事が何もなければ決して犯さずに済んだはずの出来事と考えるからです。それと同じく現在精神的に深く病んでしまい、やむを得ずメンタルクリニックのお世話になっている人々も、もし、心ない人の振る舞いさえなければ、きっと社会の一員でいれたはずと言葉少なく話す一言、一言の中にただただ残念との無念さを良子は見てそれを自分のことのように感じていただきたいと思います。その無念さがどれほど極めて大きなことかを少しでも理解していただきたいと思います。また、不当な働きかけが、無益とそれ以上に大きな損失とを作り出しているかを知っていただきたいと、心から思っている本人の希望があって、過去二十数年間来る日も来る日も繰り返し語り続ける良子の思いを私がこのようにまとめあげました。

書くにあたり、「このような事が実際あるのだろうか」との個人的思いはすべて排除して良子が体験した「トラウマ」障害ゆえの説明不可能な現象も含めて記載しました。良子は外面からは心が破壊されているようには全く見えません。しかし、その心は今なお「トラウマ」特有の恐怖心やパニック症、悪夢に悩まされることからは全く解放されていません。本人はすでに人の助けを借りてでないと日常生活も思い通りにならないほどの「トラウマ」障害にすべてが阻まれ、文章をまとめる知力もほぼ奪われた状態ですのでやむを得ずこのような形を取りました。私は「トラウマ」障害や「脳」に関係する専門的知識はありませんので医学的な事は分かりませんが、日々見ている事をそのまま記しました。このような障害がある事をご理解いただくきっかけとなるなら幸いです。なお、良子が「子ども帰り」している時に書いた実筆の文章をご紹介します。

1968年・昭和43年　11歳　4月29日

この学校に転校してすぐ位に、学校の教室にあるつくえの上に男の子達
6人から、無理矢理体をおさえつけてねかされ、私の目の2,3cm位の所まで
だれが持ってきたか分からないけれど、先のとがったほうちょうを、ひもでつるして
目をあけるように、あいつらの指で開かされ、そのほうちょうの先を見るように
おどかされた。私は、少しでも動くと、ほうちょうの先が目にささるので
動く事も出来ず、そのこわさといったら、口では言えない位とてもこわかった。
そのうちこわくて気をうしなった。今思い出しても目が痛くなってしまう。

参考：本文75頁～76頁

※本人が実際に記述した日は平成21年4月29日です

1968年・昭和43年6月17日(水)11歳

今日も、6人のやつらに、昼休みに、おれは、森の中で、思いっきり、なぐられて、けられて、虫けらみたいにされ、分からなくなったら、無理矢理おこして、目をゆびで大きく開かされて、おれの、その目の前に、1cm位まで、大きな、ハサミの、とんがった方をむけて、そして、あけたり、とじたり、して、ハサミを動かし、おれの、目にさすまねをした、こんな事は、毎日のようにされている。そして、そのあと、今度は、3がいの教室の、まどの近くまで、ひきずっていき、「助けてー」と、泣きさけぶおれを、おしたおし、足を持って、まどわくに、こしかけさせられ、6人のやつらが、おれの体をどんとおして、おれが、さかさまになっておちるかと思ったら、やつらが、足を持っておもしろがる。おれは、そのあとの事は、全々、分からなくなった、気がついたら、ほけん室のベットにいた。おれは殺される

参考：本文106頁～108頁

※本人が実際に記述した日は平成21年6月17日です

1972年(昭和47年)4月15日14歳

おれが、あっちから京都に帰ってきて、久しぶりに京都の町をブラブラして、新京ごくをあるいていた時、きれいな服をきたおねえさん達が3人向こうからあるいてきた。そしてあるきながら「困ったなあー、だれかピアノをひける人いないかなあー」と言う声が聞こえてきたので、おれは思わず「自分は、ピアノがひけます。よろしくおねがいします。私にひかせて下さい。はらがへっているので、やらせてほしいんです」とたのんだ。おねえさん達は、おれを見て「おじょうちゃんは、小さいけどひけるの」って聞いたので「はい、ショパン、ベートーベン、モーツァルトなど何でもできます」と大きな声で、一生けん命せつめいしたら「あらら、すごいのね、でもそんなむずかしい曲ではなくて歌よう曲でいいのよ」「今までひいてくれていた2人共、病気で亡くなったから困ってたのよ」「とにかく、1度聞きたいからお店においで、いっしょに行こう」とあるいた。大きなはしをわたったら右がわに「南ざ」と書いてある大きなたてものを見て、すごいなあーと思った。しばらくあるいていくとすてきなかんばんのある、きれいなお店に入った。中に入ったら白いすごいグランドピアノがあった。おねえさんが1人のおばちゃんに何か話してくれた。おばちゃんは「何がひける」と聞いたので、初め、ピンキーとキラーズの(恋のきせつ)をひいた。そのあと、おばちゃんが(又会う日まで)や歌曲ひくように言ったら、そこで「今日から、よろしくね」と言ってくれた。

参考：本文163頁～169頁

※本人が実際に記述した日は平成22年4月15日です

母のネグレクト　　記載　寛

良子に対する母親のネグレクトや虐待はかなり早い段階であったようだが、その詳細は長い間本人もすっかり忘れていました。しかし、ある大きな事件（地下鉄サリン事件）をきっかけに、子どもの頃の良子に対して両親がどのような虐待をしていたかなどを爆発的に思い出しました。そうして良子の「子ども帰り」が始まると母親のネグレクトがどのようなものであったかなどを語り、文字を覚えた年齢にまで「子ども帰り」すると、そのネグレクトなどを事細やかに文章化して、それをさらに詳しく表しました。各頁の初めに（回想）と記された記載文は良子が退行した最中に幼児期にあった出来事を思い出して、語った事や、成人後に頭をよぎったあの当時の出来事をまとめたものです。

その若さの秘訣は何

記載　良子

私は幼い頃から十代なかばまで同年齢の子どもと比べると、身長、体重にかなりの差があって、その成長がいかに遅れていたのかを思い知らされるばかりです。その成長の遅れは成人すると共にほぼ解決しましたが、その反面、年を重ねるごとに誰の目にも分かるくらい、私の体型が他の女子とでは、不思議なほどに大きく違いが見えて来て、その事に気づいたのは三十歳を過ぎた頃でした。二十代の頃は、同年齢の女子も私と変わらないほど若々しく、青春を過ごしていたのですが、三十代、四十代ともなると他の女性はすっかり成人した婦人として、心も体もどんどん成長して、年々大きく変化していったけれど、私に限っては、なぜか誰の目からしても十代から二十代前半頃の体型のままの自分であることに気づいたのです。

それは一目瞭然で、歩く時の身のこなし方や、動作、会話の内容などは十代の少女そのままに見えるらしいので、親からもその他の人からも「子どもっぽい」とか「精神的に遅れている」と言われてきました。身のこなし方や動作、表情などの動きは、自分の目で見て確かめられないので、どのようなものか分からないのですが、皮膚の張り具合、好みのファッション、あるいは自分好みのものを見た時のときめき感などは、十代の頃と少しも変わらないので長年自分でも不思議に思っていました。この「子どもっぽい」とか「精神的に遅れがあるのでは」などの見方は、その人が、知る常識やまた個人が持っている知識で判断される事なので、その人の精一杯な見方なのかもしれません。

しかし、後に深い知識のある人と出会った時、初めてその正しい理由を知る事ができたので、今ではその件については解決することができました。先の見解の「子どもっぽい」などは見方によっては否定できないでしょうが、それだけではどうしても説明できない何かが原因しているのではないだろうかと長年思っていました。年ごとに年齢を重ねるにつれても、若さはほとんど変わらないので、「いつ見ても若々しくて、うらやましいなぁ。その若さの秘訣は何」と聞かれます。しかし、還暦を過ぎた今では「うらやましい」を越えて「一体どうしたの？」と聞かれるようになりました。不思議なほどにいつまでも若く見える原因を、「子どもっぽいから」とか「精神的遅れによるもの」などであるならば、特に深刻な事は何もなかったでしょうが、今まで深く考えていなかった大きな障害が、私の全身を狂わせた結果と分かった今では、この若さを心から嬉しいと喜んでばかりはいれないと思っています。

それは、私が十一歳になったばかりの頃、強制的に体験させられた恐怖があまりにも長く続いた結果、それを激しいストレスと感じた全身が、このような形で後遺症を発症させたからと、知ったのは今から十五年くらい前の事です。私の身に起きている若さの原因が、今から五十年前に受けた恐怖体験にあったとは実に大きな驚きです。あの極限的恐怖を受けた事で、私の全身がこれほどまでに異常を発揮させてしまった、という事です。

隣の佐藤のおばちゃん　　回想　記載　良子

私は二歳になって一人で外に出て歩けるようになると、隣のお姉ちゃんに遊んでほしくて隣に行くようになった。その家のおばちゃんは二歳になったばかりの私を、お母ちゃんが毎日大声で怒るのを聞いていて前からすごく気にかけてくれていた。ある日良子が、おばちゃんのところへ行っていた時、郵便屋さんが「佐藤さん！」と言って手紙を持って来たのを聞いて、このおばちゃんが佐藤ということを知った。

そのようなことから私は「佐藤のおばちゃん」と呼んでいる。「佐藤のおばちゃん」は私が今まで家で食べさせてもらったことのない物をたくさん食べさせてくれた。アイスクリーム、もも、ようかん、ケーキなど、どれもこれもここのおばちゃんに食べさせてもらうまで、こんなに美味しい食物があるなんて全く知らなかった。

それまで家で日に三度食べていた食物は幼児用の小さな茶碗に子猫の餌くらいしかないメシ少々と冬でもだし汁なしの水だけ入れたお椀に、スポイトで醤油を二滴たらしただけの汁一杯、そしてわずかな煮物だけだったので、こんなにたくさんなお菓子があったなんて今まで知らなかった。

それ以上に二歳になってもほとんど話せないでいる私におばちゃんは絵本を読んでくれたりして、会話を教えてくれた。良子が保育園へ行くと決まると、信号機の正しい見方も信号機の前で何回も何回も教えてくれた。佐藤のおばちゃんはお嫁さんになる前は幼稚園の先生をしていたと言っていたことがあった。それで私が二歳になっても話せない事に気がついて色々と教えてくださり嬉しかった。

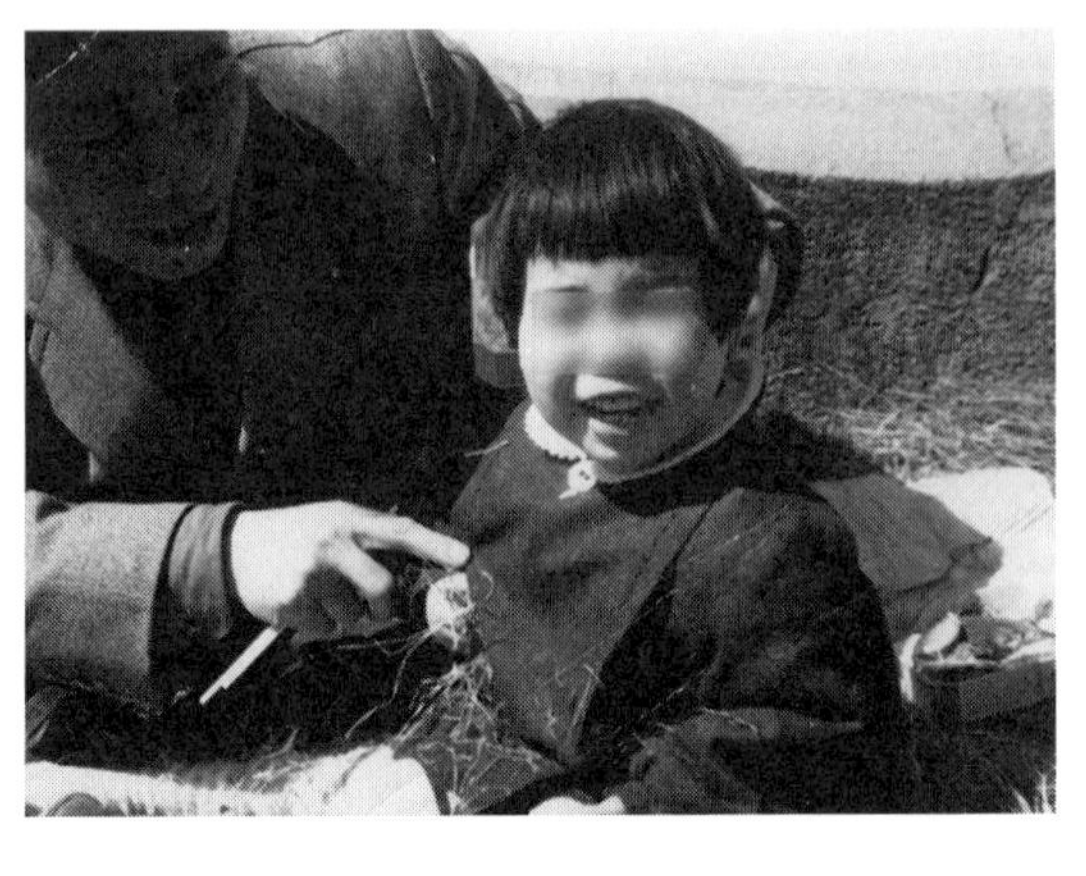

良子３歳（1960年２月頃）

父に連れられて外出した日の事、いつも慢性的空腹にある私（３歳）は歩道の隅に茂っている草をもぎ取ると、そのまま口へ押し込み腹を満たそうとした。そのような事情を全く理解する意思のない父は、私がかわった遊びをしているものと思って、一緒にいた知人に面白がり笑いながら写真を撮らせた。当の良子が腹をすかせて困っているのに。

お母ちゃんが良子にした怖いこと　回想　記載　良子

私は、五歳になる月の四月七日に保育園に入園した。保育園へ行くには、車がたくさん走っているところを通るので、毎日保育園の入り口までお母ちゃんが私を連れて行ってくれた。でも、お母ちゃんは時々、車が走る大きな道を渡るとき、私に怖いことをした。それは大きなトラックが走るその道を渡ろうとして、信号が青になるのを待っていたら、私の後ろに立っていたお母ちゃんがいきなり背中を力一杯押した。私はすでに「佐藤のおばちゃん」に信号の見方を教わっていたので、信号が赤から青になるのを待っていたのだ。それなのに、お母ちゃんは「何をしているの。さっさと早く行きな」と言って背中を押したのだ。すると私の小さな体はフラフラと前の方へ飛び出してしまった。その時、すぐ右の方でトラックが大きな音を出して止まった。そして運転をしていたお兄さんがお母ちゃんに大きな声で「何をやっているんだ！　お前の子だろうが！　俺は見たぞ！　今度こんなことをしたら警察だぞ！」と怒っていた。トラックのお兄さんに怒られたお母ちゃんは「私はこの子を押したりしてはいませんよ。この子は信号機の見方を知らないので勝手に飛び出したのですよ」と嘘をついていた。それを聞いたお兄さんは「何を言っているんだ。俺はちゃんと見てたぞ。今度こんな事をしたら、いいことないぞ！」と言って、そのまま車を走らせた。

するとお母ちゃんは「お前が勝手に飛び出すからお母ちゃんが怒られたぞ。もうこんな事にならないように信号機の見方を覚えておきな。赤は止まれ、黄色は行くな、青は進めだ。よく覚えときな」と言って、保育園に着くまでヒステリックな大声を出し続けていた。お母ちゃんは当時の私が信号機の見方を何も知らないと思っていたようだ。でも、もうずっと前から隣のおばちゃんに信号機の見方は教わっていた。

ところで、保育園の中西先生に初めて会った日に先生と約束した事があった。それは保育園に毎朝来た時は先生からパンなどを食べさせてもらうため、先生のところへ行く事になっていたのだ。いつもハラペコのまま保育園へ来ている私の事を知った中西先生が考えてくれた事だ。だから、その日も「中西先生、来たよ！」と先生のところへ行ったら「良子ちゃん、待っていたわ。今朝はこのパンを食べてね。ゆっくり食べなさいね」とアンコとバターが入っている大きなコッペパンを食べさせてくれた。お腹が一杯になったとき、さっきの怖い事を思い出して先生に話したら、びっくりした先生は良子を強く抱きしめてくれた。

ここには、怖いお母ちゃんがいないので、保育園では何をしても誰からも何も言われないので、嬉しくて楽しくて元気に走り回っていた。お母ちゃんとのいろんな事を知った中西先生が保育園内では私が何をしても自由にさせてくれたけれど、「この事だけは今日からは絶対にしないと先生とお約束してね」と言われた事が一つある。それは、保育園に入って大分慣れてきたときの事、ブランコに乗るのが好きな私はその日もブランコの上に立って、力一杯こいで遊んでいた。「わあい。良子ちゃんは鳥さんになったよ」と大きな声でブランコをこぎ続けた。すると、体が今までとは違うくらいの高さになっている事に気がついた。それでもそのままこいでいたら、その時大変な事になってしまい、びっくりした。それは今ちょっと前まで下の方に見えていたお友達が急に私の頭の上の方に見えて、空が足の下に来てしまったようになり、まるで上と下とが逆さまにでんぐり返ししたのを見て、本当にびっくりした。初めは私の周りが、ひっくり返ったと思っていたけれども、そうではなかった事がすぐに分かった。

そこに中西先生が走って来て「良子ちゃん！　手を離さないで！　しっかりつかまっていて！」と大きな声で叫びながらブランコをつかんで止めてくれた。あの時は本当に怖かった。中西先生は抱きしめて「良子ちゃん、怖かったでしょう。これからは、ブランコは座って乗る事を先生と約束してね。絶対に立って乗らないと先生と約束してね」と言ってくれた。あの日、中西先生との約束は五年過ぎた今もずっと守っている。あんなに怖い事はもうしたくない。

良子　自宅の前にて

保育園には園が用意してくれた上っ張りを来て、通園する事になっているが、ズボンやスカートは家で用意した物を着る事になっている。写真は、通園前の良子を写した写真だが、よく見ると上っ張りの下には本来あるべきスカートが見当たらず、昔風に言えばズロースが見えて、これは幼い子どもでも恥ずかしいスタイルに違いない。良子の母は「お前は体が小さいから、上っ張りがスカート替わりになるのでこれで良い。その分、洗濯する水道代もスカートのいたみも減るので助かるよ」と笑っていた。私にとっては恥ずかしい姿を面白がって父はカメラを向けた。

先生の目からお水が出ているのを見た　回想　記載　良子

四月初め、四日市の小学校へ入学して、すぐ京都に引越しが決まった。保育園から一緒の哲ちゃんや清美ちゃんともお別れして来た。中西先生にももう会えなくなって、すごく淋しかった。先生はとても優しくて、いつも私を怒ってばかりいるお母ちゃんとは大違いなので、中西先生に会える日はとても嬉しかった。先生は私の体がすごく小さいのを心配して、「ご飯はいつも食べているの」と聞いてくれたので、あんまり食べさせてもらっていない事を言ったら「それはかわいそうね」と言って、パンをくれた。

そして、その日から先生は毎日食べられる物を持ってきて、私が保育園に着くと誰もいないところへ連れて行って食べさせてくれた。それが嬉しくて、パンをいっぺんに口に入れるので「随分お腹が空いていたのね」と抱きしめてくれた。「中西先生が良子のお母ちゃんだったらいいのになぁ」と思っていたので、その事を中西先生に言った事がある。そうしたら、先生はギュッと抱きしめてくれた。その時、先生のお顔を見たら目からお水が出ていた。

京都の小学校へ転校した朝のこと　回想　記載　良子

私が七歳になる少し前、京都の小学校へ転校したその日の朝、担任の山本先生に連れられて新しいクラスに入った。するとクラスの皆はうちがあまりにも小さいので、びっくりしていた。五、六歳くらいの子が入ってきたと思ったみたいだ。そんなうちにお友達になってくれる子がいるだろうかと心配したけれど、その日の内に三人も仲良くしてくれるお友達ができて嬉しかった。

はるえちゃんと二人の京子ちゃんの三人が新しくできたお友達だ。三人はうちの体がすごく小さくて細いのをとても心配して、「どうして大きくなれないのか」と聞いてくれた。それでお母ちゃんが家を買うお金をためるために食べ物を減らされている事やいじわるをされている事を話した。すると、三人はすごく驚いて何やら話し合っていた。後で分かったのだけれど、放課後四人が遊ぶ時はうちのために家から食べるものを持ってきて、それを分けてあげようと話し合ってくれたのだ。ハラが空いたままでは、元気に走れないだろうからかわいそうと誰かが言ってくれたので、すごく嬉しかった。そんな事があって、その日初めて皆と遊ぶ前に、三人が持ってきてくれたビスケットなどをうちに分けてくれたので、日が暮れるまで楽しく遊ぶ事ができた。

四日市から京都へ引越しすると分かった時、すぐ佐藤のおばちゃんに引越しする事を話したら、おばちゃんは良子の手を握って「今度、良子ちゃんが遠い京都へ行く事になりました。今後も良子ちゃんがお腹を空かせる事がないように助けてくれる人がいますようにしてください」とお祈りしてくれた。おばちゃんとお別れしてもう二年が過ぎている。その間もずっとうちはあの日のおばちゃんのお祈りは覚えている。私はいつの日にか毎日おなか一杯ご飯が食べられる日が来るといいなぁと思っている。

第二章　退行の時

この章に記載した文は
良子が自分の過去の出来事を毎年、
その日を迎える度に退行して今日の出来事として
退行してまで現代の私たちに訴えたかった心の叫びを
書いたり語ったりしたものをまとめたものです。

昭和三十九年五月二十三日　七歳
地球の裏側に住む子と握手がしたい　記載　良子

今日、学校で一年二組の山本先生から楽しい話を聞いた。それは「皆が今住んでいる京都や大阪も東京も全部、地球という丸い形をしたものの上にあるのよ。そして皆が立っているこの場所の裏側にも、横にも、皆と同じくらいの子がいて、遊んだり勉強したりしているのよ」と教えてくれた。これはすごく不思議なお話だったので、びっくりした。それを聞いたうちは学校が終わってから校庭の砂場に行き、小さなスコップで砂に穴を掘ろうと思った。初めは一人で掘っていると、それを見たどこかのお兄さん、お姉さんが来て「さっきから何をしているの」と聞いてきたので、「お砂を掘って反対側の方に住んでいる女の子と遊んだり握手したりするんだよ」と言うと、「すごく楽しい事を考えたね。それは無理な事だけれど、楽しそうなので手伝ってあげるよ」と言って、大きなスコップを持ってきて、うちと一緒に穴を掘ってくれた。

他に三人くらいお姉さんも加わってくれたので大分掘れた頃「随分暗くなってきたし、そろそろ終わろうか」と誰かが言った。「すぐ反対側に住んでいる子と握手できると思ってたのになぁ」と言うと、「初めからそれは無理と分かってたけれど、お手伝いできてよかったよ。良子ちゃんの頑張りはすごいね」とお姉さんがほめてくれた。家ではいつもすぐに「こんなバカな事なんかするな」と言うけれど、今日はそんな事を言う人がいなくて、とても嬉しかった。

そこへ山本先生が来て「良子ちゃん、すごい事してるのね。なんでこんなにお砂を掘ったの」と聞くので、「今日、山本先生から地球のお話があったでしょう。だから、反対の方に住んでいる女の子に会いたくてお砂を掘っていたの」と話した。すると、先生は「それは楽しい事をしたのね。でも、このへんでやめにしてお帰り。その前に掘ったところはちゃんと元に戻しておいてね」とのお話があったので、砂は元に戻す事にした。

お手伝いしてくれたお姉さんたちも一緒に砂を元に戻すのも手伝ってくれたので、すごく嬉しかった。穴を全部埋めたところへ山本先生が「良子ちゃんは今日、すごいことをしたので、お腹が空いたでしょう。このパンを食べてから、お帰りなさいね」といつものようにパンを用意してくれて、すごく嬉しかった。山本先生も良子の事情を聞いてこのように食事を用意してくれた。

昭和四十二年一月二日　九歳
「なかよしこよし」のおみくじ　記載　良子

お正月も今日は二日目となって前からの約束で、三人のお友達と学校の近くのお宮へ初詣に行ってきた。その帰り道に皆でおみくじを引くことになった。友達三人は全員「大吉」を引いたのでニコニコ笑顔だった。うちも皆と同じ「大吉」だといいなーと思って引いてみたら「小吉」だったのでもう一度引くことにした。今度こそ「大吉」を期待していたけれど「中吉」だった。それを見た良子は先のおみくじと今のおみくじを合わせて読んで「中吉、小吉」とあったのをいいことに、一瞬の思いつきから「なかよし、こよし」と読めることに気づいて、三人の友達に思わず「なかよし、こよしだ！」と叫んだ。すると「エッ！」という顔をして皆、そのおみくじを覗き込み「あっそうやなぁ。そんな風にも読めるんやね。うちらみたいな仲良しこよしやなぁ」と言うことになって、「そうや、そうや。これで決まりやなぁ」と大笑いして別れた。

その後、良子は二枚のおみくじをヒラヒラさせて、お宮の入り口まで来ると、リヤカーに屋台を取り付けた、たい焼き屋さんに出会った。すると、急にそのたい焼きが食べたくなり、小さなたい焼きを五個買って、その場で食べた。そして、先ほどのおみくじをおじちゃんに見せて「おじちゃん、これ、なかよしこよしと読んだ方が楽しいね」と言うと、おじちゃんはほめてくれた。そして、ごほうびにたい焼きを一つおまけしてくれた。「わぁー、ありがとう！」と喜んで、そのお礼として二枚のおみくじをおじちゃんにあげた。するとそのおみくじを屋台の上の方にはって「おじょうちゃん、ありがとう！今日からこの店は『なかよしこよしのたい焼き屋』ということにするよ」とすごく喜んでくれた。うちも嬉しくなって、少しの間お手伝いのつもりで「なかよしこよしのたい焼き屋だよ！　おいしいよ！」と売子をした。すると、初詣をすませて帰る人がその呼び声に足を止めて、たくさんの人がたい焼きを買ってくれたので、おじちゃんはとても喜んでくれた。今度、三人の友達に会った時「なかよしこよし」のおみくじは今、たい焼き屋さんの屋台に貼ってあると話そうと思う。

昭和四十三年三月五日　十歳
そんな父を誰が社長にするの？　記載　良子

今日、会社から帰ってきた父が「今度、俺は課長になったぞ。大したものだろう」と大満足そうに言った。でも、次の父の話には、がっかりした。それは課長になると同時に、転勤することになり、近いうちに引越しすると言ったからだ。今は楽しく学校へ行って、お友達とも仲良くできているのに。また転校だなんて本当にいやだ。大人は子どもの都合など何も考えずになんでも勝手に変えるんだなぁといやになる。道徳の時間に山本先生が見せてくれた映画に「不思議な島のフローネ」というのがあったが、そのなかに出ている女の子「フローネ」のお父さんが仕事上の関係でスイスからオーストラリアへ引越しすることになった時、三人の子どもを集めて「お父さんは仕事でオーストラリアへ行くが、今のままスイスに残りたい子は親戚のおばさんのところで生活できるようにしているから皆の考えを聞かせてほしい」と言っていた場面があったが、たとえ相手が子どもであっても、一人一人の都合を大切にするのは、フローネのお父さんのすごさだと思った。

でも、うちの父の場合は、家族の都合など全く考えていない。それどころか、いきなり「二十五日に引越しするぞ。それまでに荷造りをしておけ」と言うので、母は驚き、「あと二十日ではいろいろな準備があるので、全部荷造りを一人でやるのは大変」と小声でつぶやいた。すると、父は「こんなこと二十日あれば何とかなるものだ」と言って、夕食までテレビを見ながら「今に見ていろ。俺はやがてまた本社へ戻って、いずれは社長だ」と自信満々に話している。その父に対して母は、「自分のことしか考えなくて、毎日テレビの前で大騒ぎする気軽な人を誰が会社のトップにするのかしら」と父に聞こえるように言うと、「なぁに、オレはオレのやり方で社長になるから見てろ」と話していた。そんな父を見て思う事がある。それは「自分の子がメシを少しだけしか食べさせてもらってない事にも気付かずにいて、自分の家族の事に何の関心も持たない父に、会社の大切な運営を任せてくれる人がいるのかしら」と思ってしまう。明日、クラスのお友達やたい焼きのおじちゃんに今度お別れする事を話そうと思っている。

昭和四十三年三月二十日　十歳
京都の親友とのお別れ　記載　良子

三学期が今日で終わった。うちは京都の学校とお友達の皆と「さようなら」してきた。一年生、二年生の時のクラス担任をしてくれた山本先生にもお別れしてきた。午後にはうちが京都に来てからずっと仲良くしてくれた二人の京子ちゃんとはるえちゃん、そして三年のクラス替えの時、お友達になってくれたルリ子ちゃんの四人が家に来てくれて皆で最後のおしゃべりをした。八月十六日の夜、大文字焼きを皆で見た事や地蔵盆の日に道ばたにゴザを広げて、蚊取り線香を立てて、お菓子を食べ「京のわらべ歌」を歌った事など、時間を忘れておしゃべりを続けた。こんな風にまた皆で会えるといいなぁと思った。

この間、たい焼きのおじさんにも引越しの事を話したら「良子ちゃんが引越しで行くところはよそから来る人をすごく嫌うところだから大変だなぁ。おじちゃんの知り合いがその近くに住んでいるから、話は聞いているので、そこがどんな所か分かるよ。だから、できる事なら良子ちゃんには行ってほしくないなぁと思うよ。向こうで嫌な事があったときは『なかよしこよし』のたい焼きのおじさんに出会った時の事なんか思い出して、元気出してや」と言ってくれた。うちがおじちゃんに譲った「おみくじ」は今も屋台の上の方にしっかり貼ってある。これからしばらくは、お手伝いができないだろうと思って、少しの間いつものように大きな声で「なかよし、こよしのたい焼きだよ！　おいしいよ！」と声かけをした。すると、うちの元気な声を聞いた人が足を止めて、次々と買ってくれた。このおじちゃんはいつも淋しそうな姿で屋台に出ている。何か難しい理由がある人のようだ。いつも「おじちゃん！　来たよ」とたい焼きを買いに行く度にニコニコしてうちを迎えてくれていた。今度また、お手伝いできるといいなぁと思いながら、お別れしてきた。

昭和四十三年四月八日　十歳
引越し先に来てから毎日が変　記載　良子

十日前、京都から引越しして来た。もう四月も八日になるので、京都ではすっかり暖かい春になっていると思う。今頃は桜も咲いている頃だ。昨年の四月は、四人の仲良しのお友達と近くの公園やお寺の庭で楽しいお花見をしたのをなつかしく思い出している。お花見にはそれぞれが好きなお菓子を持って行き、全員でそれを出し合って桜を見ながらつまむのだ。でも、うちの母はこのように友達とお弁当を持って、ピクニックやお花見なんかに行く時も何も用意してくれない。その事を知っている皆がうちの分のお菓子まで持ってきてくれたので、皆と一緒にお花見をさせてもらえて、すごく嬉しかった。

こちらは四月に入ってもまだ雪が残っているくらい寒くて、お花見はまだずっと先のようだ。だからまだ真冬みたいに、学校へ行く時は、防寒具は手放せない。ここはいつ暖かくなるのかなぁ。今朝、学校へ行く時、いつものように防寒具を着て家を出ようとしたら、それを見た母が「もう四月になって、大分過ぎたのだからいつまでも冬用の服なんか来てないで、今日からこれを着るようにしな」と言って、通学用の着替えをうちの足元へ投げた。それでうちは母が出してくれた衣類を拾って、着替えようとするとそれが夏用の半袖だったので、「お母ちゃん！　これ夏に着るシャツだよ。これでは寒くて外へは出られないよ」と言うと、母は「それでいいんだ。もう四月だから、それを着て行きな」と大声で言ってきた。母があまりにも何度もそんなことを言うので、仕方なく厚手の冬用の服を脱いで、母が出してくれた薄い半袖を着てまだ寒い外へ出た。

家を出る前、父と母と弟を見ると、今までと同じ厚手の服のままだったので「なんでお父ちゃんたちは暖かくしているのにうちだけこんなに薄着なんだ」と言ったら、「お前はそれでいいのだ。うるさいことを言ってないで、早く行きな」と母に怒られた。外はまだ一メートル以上の雪が残る中、半袖一枚で赤いランドセルを背負って、全身を震わせながら歩いているうちを見たどこかの女の人がびっくりした顔をしていた。そんな姿で、駅の改札口を通ろうとしたうちを見た駅員さんが「まだ寒いのにそんな薄着でどうしたんだい。お姉ちゃんはこのあたりの子ではなさそうなのに、寒くはないのかい」

と聞いてくれた。「お母ちゃんが『お前は今日からこれを着て行け』と言って、こんなに薄いのしか出してくれないの」と泣きながら「寒いよ、寒いよ」と震えて駅のホームに入った。

学校について教室に入ると、夏姿のうちを見たクラス全員が驚いてザワついた。地元の子でさえ、厚手の上下に身を包んでいるのに、寒さに全くなれていないはずのうちが夏用の半袖姿でいるのを見て皆、驚いていた。「お母ちゃんが『もう春に入ったのだから、これでいいのだ』と言って、冬用の服を出してくれないので、仕方なくこれで来た」と話すと、「お前の母ちゃんは頭がどうかしているみたいだなぁ」と言う子がいたので、うちは「そうかもしれない」としか言えなかった。家へ帰っても薄着のままで過ごしていたので、すっかり風邪を引いた。夕方、会社から帰ってきた父に「お父ちゃん。今日からこんな夏着にされちゃったよ」と言ったら「そうか。子どもは風の子だから、それでいいのだろうよ」と言うだけだったのでがっかりした。

今回、転校して来たこの学校には今年の三月まで通っていた。京都の小学校とは何もかもが違うので驚いている。それは、うちが入ったとたん、クラスにいる体の大きな男の子六人がゴソゴソと近づいて来たと思ったとたん、教室の後ろの方へ引っ張るようにしてうちを連れて行ったことから怖いことが始まった。その時は、一体何をするのだろうと思っていたら、その六人全員が「よそ者のお前にはこうしてやる」と、うちの体を一斉に持ち上げて仰向けにして、机の上に押さえつけた。何が始まるのかと恐ろしく思っていたら、一人の男の子が、先が細く鋭くなっている一本の包丁を取り出した。その包丁の取手に前もって用意された長めの細紐が結ばれてあった。その男子は取手の握り側が上になるようにして、刃先が下に来るように上手く持ちかえていた。つまり鋭い包丁の刃先を下に向けて、長い細紐が結ばれたその刃物の取手を上に向けた。そして細紐の二十センチあまりのところを片手に持ち、刃先を下にして小さく前後左右にぶらぶらと揺れ動くように準備をした。

それと同時に「いいぞ、オッケーだ」の合図に合わせてうちは机の上に顔を上向きにされた。そして両方のまぶたを他の男の子二人が汚い指で押し開き、どんなにがんばっても自分では目を閉じられないようにした。先に準備した包丁の刃先をその見開かされた眼球の上数センチくらいのところで、ゆっくり揺れ動かす遊びが始まった。動く刃先をいつまでも見せられて、その刃が今にも目に刺さりそうな恐怖から思わず両目を閉じようとしたが、もちろん、できることではなかった。それ以上に細紐を持つ指の力が少しでも、ゆるんだりしたらと、一瞬頭をよぎらせたとたん、うちは何もかもが全く分からなくなった。

今まで行っていた京都の小学校では「よそ者」と言ってこんなひどい事をする子は一人もいなかった。もちろん、男の子が女の子に大勢で暴力を振るうなど全くなかった。それどころか、先生の教えを大切にして思いやりのある心を持った子ばっかりだった。

昭和四十三年四月二十一日　十一歳
タンバリンのおばちゃんとの出会い　記載　良子

幼い頃からうちは一日中じっとすることなく動き回るような子だった。ラジオから「歌のおばさん」の歌声が流れてくるとその前に座ってまるで別な子のようにおとなしく歌を聴く子だったようだ。それを見た母は、「この子に音楽を覚えさせたら金儲けができるかもしれない」と考え、良子が三歳になるとすぐにオルガン教室へ行かせた。四日市で始めたオルガンは、京都でも通わせてもらった。その教室の先生が良子のオルガンの弾き方などを見て、ある日、母に「良子ちゃんはピアノで上を目指せる子ですから、一度ピアノを習うようにしてはどうですか」と言ってくれた。うちもピアノは習いたかったので先生からのお話はすごく嬉しかった。母もその事を賛成してお金儲けができるならばと、さっそくピアノを習えるようにしてくれた。

今度引越したところの近くには、ピアノ教室がなかったが、バスで四十分くらいのところにはあったので一週間前から日曜日の午後習えるようにしてもらった。バスで四十分はけっこう遠いと思えるが、大好きなピアノを習うためなら、それくらいの時間はなんでもない。先週、その教室でのレッスンが終わって帰りのバスを待っている間、かなり時間があるので近くの商店街を見て歩いていると、どこからかラッパの音とタンバリンを打つ音が聞こえてきた。音楽好きの良子はそれを近くで聞きたいと急ぎ足で聞こえる方へ行った。楽しい音楽を演奏していた人はすごく優しそうなおじちゃんとおばちゃんだった。うちがそばまで行って聞いていたら、そのおばちゃんは、タンバリンをやめて、ニコニコ笑顔で良子に声をかけてくれた。ラッパのおじちゃんは町のお巡りさんのような帽子をかぶっていた。「おじちゃんはお巡りさんなの」と聞くと、「お巡りさんではなくて、神様のお話をする人よ」とタンバリンを持っていた人が教えてくれた。しばらくおばちゃんとお話をしているうちに、今日も朝からあまり食べさせてもらってないので、すっかり腹ペコになって、立っていれなくなってフラフラしゃがみこんでしまった。

その様子を見て、「お嬢ちゃんは今お腹が空いているのではないのかしら」と優しく聞いてくださったので、「おばちゃんはうちが何も話していないことまでよく分かるね。お母ちゃんはいつもご飯を少しだけしか食べさせてくれないので、今も腹ペコなの。今年十一歳になるけれど、大きくなれないの」と話したら「良子ちゃん、ちょっとこちらへいらっしゃい」と近くのお店へ連れて行き、パンを三つも買って少し離れた路地で今買ったばっかりのパンを食べさせてくれた。おばちゃんはうちがそのパンを食べ終わるまで近くにいてくれた。そうしている間に良子の体につけられた大アザを見つけて「こんなに痛々しい傷跡どうしたの？　どこで誰に暴力された傷なの？」と聞いてくれた。「おばちゃんは何でもすぐに分かるみたいだね。お父ちゃんもお母ちゃんもこの傷はお前が勝手に転んでできた傷跡だとしか言ってくれないよ」

とおばちゃんに話して今までの色々な怖いことや恥ずかしい事などを話すと、今日会ったばかりのうちを両手でしっかりと抱きしめてくださった。

そして、「今日、良子ちゃんにこうして会えて本当に良かったわ。きっと神様が会えるようにしてくださって、本当に良かったわ。毎週日曜日の今頃の時間は神様のお話をここでしているから、ピアノが終わったら必ずおばちゃんのところへいらっしゃいね。いつも良子ちゃんが少しでもお腹の足しになるものを何か用意して待っているわ」と親切に言ってくださった。お別れする前に今日会ったばかりのうちのため、お祈りをしてくださった。今後は、日曜のピアノ教室の帰りにはこのおばちゃんに会って、お話が聞ける楽しみができて嬉しくなった。

昭和四十三年四月二十二日　十一歳

これが民主主義ですか　記載　良子

転校先では女の子も自分を「オレ」と言うので、初め、なかなか慣れなかったけれど、うちは少しでも早く、こっちの子たちにもなんとか受け入れてもらえるようにと自分なりに努力をしてみた。その結果、やっと自分を「オレ」と言えるようになった。すると、クラスの女の子二人がオレに近づいて話しかけてくれたので、それが嬉しくて二人の女の子とはそれを機会に仲のいい友達になれて本当に良かったと思った。それでも他の子からは相変わらず「よそ者」として扱われて毎日激しく手荒にされていたけれども、この二人の女の子はかろうじて心からの友達になってくれたので、今まで一人で孤立していたオレにとっては大きな助けになった。

そのクラスでは毎週月曜日の一時間目に学級会があって、その時間はクラス全員が自分の考えを自由に述べて、その時に発言された課題を皆で考えたり賛否を取ったりするのだ。オレが転校して一週間が過ぎた時、オレはクラスの皆に言いたいと勇気を出し、思い切って学級会で発言する決心をした。「ドキドキ」しながら思い切って手を挙げると、いつもはクラスの男の子らから、痛ましいほどの暴力を受けて、ずっとオドオドしているオレが、その日に限って「キリッ」とした顔つきで、何かを発言をしようとしているので、クラスの中から「オーゥ」との驚きの声が大きく発せられた。

「はい　それでは意見を述べてください」と指名されたので、「オレは毎日クラスの男の子たちから暴力をされていますので、これからは暴力がないようにしてください」と発言をした。すると、担任の先生が「『今クラスの男の子から毎日暴力をされているので、ないようにしてほしい』との発言がありましたが、今までにそのような暴力を見ている人は手を挙げてください」と言ってくれた。きっとたくさん手を挙げるだろうと期待して、オレは周囲を見渡してみた。ところが、後ろを振り返った瞬間、オレは「あっ」と一言発して唖然とするばかりだった。それもそのはずで、クラスの中の暴力の現実に手を挙げたのは、オレと仲良くしているあの二人の女の子と今発言したオレの三人だったからだ。

それを見た、担任の教師は「それではこのクラスでは暴力など見た事はないと思う人は手を挙げてください」と言った。すると、先ほど手を挙げた三人以外の全員が「はーい、そのような暴力は何もありませんでした」と言いながら、手を挙げた。それどころか、「今この人が発言した事はウソです。全部間違っています」とまで言う声が出るありさまだった。こんな事で良いのかと思い、そこで体中に残る生々しい青アザや傷痕を見せて「見てください。この傷痕はその時の暴力でつけられたものです。やられた本人がその証拠を見せて言っているのだから、間違いありません」と声を大きくして訴えたが、担任の教師は「今出された意見に対して、クラス全員の挙手を取りました。

その結果、クラスの中で暴力があったとの意見に手を挙げた人は三名でした。それに対して暴力は何もなかったと言う事に手を挙げた人は先の三名以外の全員でしたので、多数決によって『このクラス内での暴力は何もありませんでした』という事に決定されました」ということになってしまい、このようなことで真実が消されて良いのだろうかと思ってしまった。

担任の教師によると「これが戦後の日本が取り入れた民主主義です」という事らしいけれど、「民主主義」とは暴力で毎日ひどい目に遭わされている本人をそっちのけにして、賛成者が多ければ、そちらの意見が正しいと決めるなんて、こんなの民主主義とは違うよと必死に心の中で叫んだ。実際、担任の教師もオレが毎日暴力をされて、意識を失い、度々保健室へ運ばれている事は知っているので、わざわざ多数決で暴力が本当にあったのかどうかの事実を調べる必要があるのだろうか。全員で決定したほうが問題なく終わらせることができる（？）と考えてしまう。

放課後、オレは例の男子らに校庭へ呼ばれて「よくも学級会で告げ口をしてくれたな。そのお礼だ！」とその場で思い切り殴られた。毎日このようにされているのに暴力は何もなかったと決めるのは変だと考えて、今日の学級会でも「今も暴力が続いています。もう暴力がないようにしてください」と傷だらけの体で叫んだ。しかし、また全員の挙手を取り「多数決の結果、暴力は何もなかった、と決定します」となってしまった。つい先日の事、例の男の子たちは、何を思ってか、家から画鋲（がびょう）を持って学校へ来た。そして、その画鋲をなんとオレの太股に深く押し込む遊びをした。それも画鋲の頭の部分だけ残す形で針の部分すべては良子の生の太股に力任せに押し込む遊びをした。それも心痛む事など一切ないかのごとく「ブスッ　ブスッ」と何本も気兼ねなく差し込む遊びをした。オレは画鋲を一本一本太股に差し込まれる度にその苦痛で泣き叫んだ。こんな事が度々あるのに、学級会では「多数決の結果、暴力は何もありませんでした」としてしまって、本当に良いのだろうか。

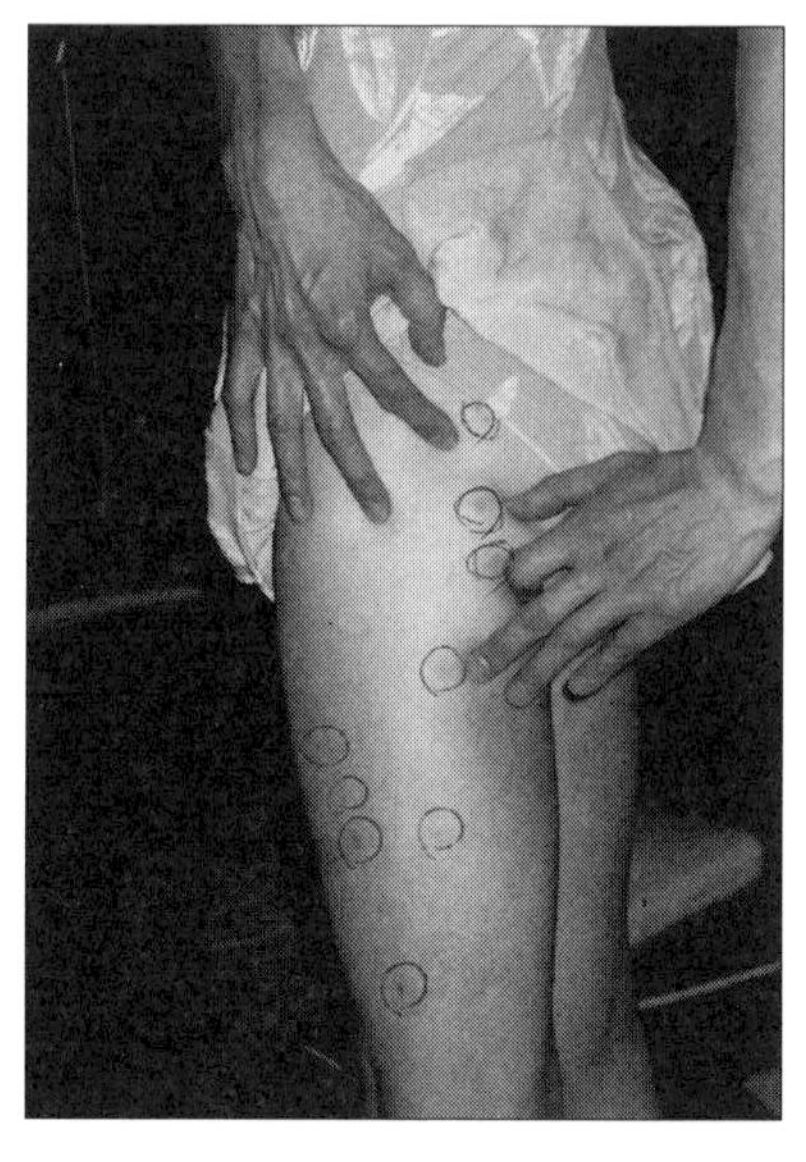

画鋲の刺し傷跡

これは良子の太股に残る画鋲の刺し傷だ。画鋲は頭の部分以外はすべて太股に深く押し込まれ、その激しい痛みから意識を失った。両方の太股に無数押し込まれた画鋲は誰が抜いてくれたのか全く分からないが、抜けたあとの傷が痛々しく腫れ上がり、その後すっかり炎症を起こし化膿(かのう)してしまった。「夏だと傷口が化膿してそこがなかなか治らないので、けがをさせるのは暑くなるこれからが一番面白い」と誰かがこのような醜いことを言っていた。

昭和四十三年四月二十六日　十一歳

何でもやります屋さん　記載　良子

近くの商店街の一軒の店先に、一枚の貼り紙が看板の横に貼ってあった。毎日通学する時見ている店なのに、今までは気がつかなかった。しかし、今日に限り、看板の文字を見たオレは「もっと早く気がついていたら良かったのに」と考えながら家へ急いで帰った。そして自分の机の下にある貯金箱を出し、今まで少しずつ貯めてきた小銭を全部出してハンカチに包んで持ち出した。持ち出すところを母に見つかると大変なのでハラハラした。小銭は母に見つかることなく外へ持ち出せたオレは走るようにして先ほどの店へ急いだ。店に着くと何のためらいもなく中へ入った。その店先に貼られた紙には「なんでもお手伝いします」と書かれてあって、その横にある看板には「便利屋」と書いてあった。貼り紙と看板を見た良子はこの店の人にお願いしたい事があったので、自分の全財産を持ってきた。一円玉、五円玉、十円玉など合計三百円ほどの小銭を握りしめるようにして「何でもやります」との貼り紙があるお店に来たのだ。

店の奥へ行くと、おじちゃんが笑顔でオレを迎えてくれた。「お嬢ちゃんいらっしゃい　どんなお手伝いごとでしょうか」と聞いてくれたので安心してそのおじちゃんにお願いごとをする決心をした。「おじちゃん、この体の傷(きず)痕(あと)やアザ見て！　ひどいでしょう、オレは毎日学校で体の大きな男の子たちから死にそうになるくらいの暴力をされているの。そのうちその子らに殺されるよ！　このお店の外に『何でもお手伝いします』の貼り紙があるのを見て、家で貯金していたお金を全部持ってきたの。三百円くらいしかないけれど、これでオレに暴力をする男の子全員殺して！」と大泣きしながら、必死になってお願いをした。

すると「えっ！　おじょうちゃんは、おじちゃんに人殺しをお願いしに来たの」と便利屋さんが驚いて聞き返したので、「店の外に『なんでもやります』と書いてあるでしょう。だから、お願いしようと思って来たの」と涙を拭くことも忘れてお願いした。すると、その便利屋さんは今話したことには何も言わず、「おじょうちゃんは一年生かなぁ」と聞いた。「今五年生なの。お母ちゃんが家を買うために毎日ご飯もうんと少なくされて来たので、大きくなれないの』と話したら「それは大変だね。家でも学校でも本当に酷いことをされているのだね」と言って、一度奥の方へ行き、お菓子とお茶を持ってきて「今お腹が空いているでしょう。まずこれを食べてね」と勧めてくれた。お礼を言うなり一気に食べようとするのを見て、よほど腹が空いていたのだと分かってくれた。そして、食べ終わったところでおじさんからビックリすることを聞いた。「おじさんはお客さんから頼まれたことは何でもするけれど、人を殺すことだけはできないのだよ」と言っていた。そのような事を聞くなんて考えてなかっただけにがっかりして、オレは声をあげて泣いてしまった。そんな良子を見て「これからはいつでもここへおいで。お金はいらないので心配しないで遠慮なくおいで」と言ってくれたので嬉しかった。

昭和四十三年四月二十七日　十一歳

小松のおばちゃんとの出会い　記載　良子

毎週土曜日は授業が終わると全校生は家まで歩いて帰る事になっているので、オレも今日は一時間以上もトボトボと歩いて帰った。いつも腹ペコの良子は学校を出る時、水道の水をたっぷり飲んで腹ペコを少しでも直してから家へ向かうようにしている。でも、腹に入れたのは水だけなので、全く力にはならなく、これ以上はどうがんばっても身動きが取れなくなり、そこで道々建っている住宅の玄関の前に出されているゴミ容器の中へ手を突っ込んで、まだ食べられそうな物が入っている事を願って、必死に食べ物を探し続けた。やっと見つけてもすでに腐りかかって、変な臭いがする物が多かった。しかし、今はとにかく腹に詰め込めるものを探さないと倒れそうに思い、腐って変な臭いがしても、息を止めて目をつぶりなんとか口へ押し込んでいた。家の人に見つかる前に腹に詰めようとして急ぎすぎて、ノドに詰めないように気をつけながら、残飯を口へ押し込み続けた。

過去にも他の家の前で残飯を食べていたら、その家の人に見つかって、ひどく怒られたので、残飯を探す時は食べ終わるまで、その家の人が外へ出てきませんようにと祈る思いで口へ入れた。ところが今日は、残飯を口へ入れている最中に運悪く、その家からおばちゃんが出てきた。オレは慌てて口の中へ入れたものをゴミ入れに吐き出し急いで立ち去ろうとすると、優しい声で「あら、お嬢ちゃん。どうしたの」と聞いてくれた。初めは怒られる（！）と思った瞬間、体が堅くなり、全身が身動きできない状態になった。今までに、他の家の前でこのように残飯を探していた時、その家の人から「汚い子だ。あっちへ行け！」と怒鳴られた事を思い出したからだ。

でも、今日出会ったそのおばちゃんに限っては違っていた。一目見た瞬間、「このおばちゃんはオレを怒ったりしない」と思えた。心から安心しきって、なぜこのような事をしたのかを話したら、今まで堅くしていた体の力が抜けて、おばちゃんの前で涙を流した。そして、ゴミ入れを開けていた理由を話した。「それは本当にかわいそうね。お嬢ちゃんは今お腹空いているのでしょう。中にお入りなさい。何か食べるものを用意するわ」と言って、さっき出会ったばかりのオレを家の中へ迎え入れてくれた。そして、大きな食器にご飯を盛り、お野菜の煮物と一緒にオレの前に置いて「ゆっくり食べてね」と見守るように言ってくださった。オレは心のこもった、食物を心からおいしく食べて心も体もすっかり元気になった。優しいおばちゃんは「小松まり子さん」という人だったので、オレは「小松のおばちゃん」と呼ばせてもらう事にした。

このあたりを走る列車は通勤通学の時間帯以外は乗車する人はほとんどいなかったので、日中走る列車は限定されていた。そのため、土曜日ごとに片道一時間くらい、ほとんど人通りのない田園道と雑木が重なり合う森の中を、一人で帰宅するので、オレは小松のおばちゃんと出会っていなかったなら、どのようになっていただろうかと考えてしまう。その日以来、必ず小松のおばちゃん宅で体を休ませてもらってから、自宅へ向かっている。オレが小松のおばちゃん宅に初めてあげていただいた時、テーブルに黒くて大きな本が大切に置かれてあるのを見た。その時、四日市の保育園で出会った「中西先生」や「佐藤のおばちゃん」、そして京都で出会った担任の「山本先生」も同じ黒い大きな本を大切に読んでいたのを思い出した。その事を小松のおばちゃんに話すと「これと同じ本を持っている人なら、皆さんはクリスチャンだったのね。良子ちゃんは気がつかなかったでしょうけれど、皆さんは今助けを必要としている人に親切をする事は神様に尽くす事と信じている人なのよ」と話してくださった。

そのお話を聞いたオレはピアノレッスンの帰りに会っている「タンバリンのおばちゃん」から先週聞いた「ヨハンちゃん」のお話を思い出した。ヨハンちゃんは良子と同年齢くらいの男の子で孤独と寒さと飢えとで生死をさまよっていた子どもと聞いて、このオレと同じ苦しい体験をしている男の子ということから、この物語の内容は詳しく覚えている。このお話はずっと昔の出来事だけれども、ヨハンちゃんは寒い雪の中で死にそうになっていた時、優しいおばあさんに助けられた。ヨハンちゃんのように、オレは小松のおばちゃんと出会えたことから助けられて本当に嬉しかった。

昭和四十三年四月二十八日　十一歳

ヨハンちゃんのお話　記載　良子

今日もピアノのレッスンが終わってからタンバリンのおばちゃんのところへ行き、昨日初めて小松のおばちゃんと出会ってすっかりお世話になったことを話した。それと同時に先週タンバリンのおばちゃんから聞いたヨハンちゃんのお話を思い出して、このオレが今日まで生きてこられたのは、ヨハンちゃん同様に心の優しい人に助けられてきたからだと気がついたとおばちゃんに話すことができた。タンバリンのおばちゃんがヨハンちゃんのお話をしてくださった時、オレはてっきり「困っている人や、可哀想な子に出会った時は良子ちゃんもその子を助けてあげてね」との思いを込めて、おばちゃんがお話してくださったと考えていたが、今日はその本当の意味を教えてもらう事ができた。

それは、「毎日とんでもない苦しい事をされて、心も体もすっかり疲れ切っている良子ちゃんを今後手を差し伸べてくださる人がいますように、その人には神様の大きなお誉めがありますように」との願いから、「ヨハンちゃん」のお話を聞かせてくださったと教えてもらった。これはまた、タンバリンのおばちゃんのオレに対する心からの願いでもあった事も分かった。ヨハンちゃんは、山の上でお父さんとお母さんと三人で暮らしていたが、お母さんが病気で亡くなると、今までの生活は大きく崩れ、そこから彼の苦しみが始まった。お父さんは、ヨハンちゃんの本当のお父さんではなかったので、お母さんが亡くなると、すぐにヨハンちゃんを山の家から追い出してしまった。家を出されたヨハンちゃんは行くところなどなく、雪が降る中、山を降りて、クリスマスで賑わう町をあてもなく歩き続けた。

一日中何も食べていなかったので、歩き続けるうちに、寒さと空腹とで倒れそうになった。そこで思い切って、誰かに助けてもらおうと思って、大きな家のドアをノックした。すると、キリストの誕生日を祝うクリスマスパーティで賑わう家の中から、美しく着飾った女の人がドアの隙間から顔を覗かせた。この女の人は汚れ切ったヨハンちゃんの姿を見るなり、「今はイエス様のお生まれをお祝いするクリスマスパーティで忙しいので、今度またおいでなさい」と言うなり、ドアを閉めてしまった。その後も、何軒かの家のドアをノックして助けを求めるが、どの家もクリスマスのお祝いで忙しいとヨハンちゃんは助けを断られてしまった。すっかり疲れ果てたヨハンちゃんは何もかもあきらめて、今来た道を引き返す事にした。そして、暗くなり始めた頃、山道へ入りかかったヨハンちゃんの目に遠く小さな光が見えた。

それは、まるでヨハンちゃんを招いているように思えたので、その明かりを目指して歩いた。そして、行きついたところは、小さな家の前だった。せっかくたどり着いた家なので、山へ入る前にもう一度だけこの家の人に助けをお願いしてみようと考えて、ドアをそっとノックした。すると、すぐにドアが開いて、優しい笑顔のおばあさんが出てきてくれた。そして「まぁまぁ、寒いのに長い事歩いていたのね。さぁ、中へお入りなさい」と暖かい家の中へ、ヨハンちゃんを迎え入れてストーブに薪をくべて、パンとスープを勧めてくれた。すっかり元気になったヨハンちゃんは久しぶりに楽しい一時を過ごすことができた。そして、おばあさんもすっかり打ち解けたヨハンちゃんが今までの辛かった事を話していた時、二人の耳に今まで聞いたことのない美しい声が聞こえてきた。

その時、二人がはっきりと聞いた

キリスト降誕

言葉は「わたしの兄弟であるこの最も小さい者の一人にしたのは、わたしにしてくれた事なのです」（新約聖書マタイ二五章四〇節）というものだった。その言葉の意味は「この可哀想なヨハンちゃんに親切にしてくださったおばあさんは、神である私に親切をしてくださったのと同じです」との深い思いが込められているとタンバリンのおばちゃんから教わった。そして、「今後も良子ちゃんやヨハンちゃんのような弱い立場にある子どもたちに親切をする人は、クリスチャンであろうと、たとえそうでなかろうとすべて神様に親切を尽くしていることになるのよ」とも教えてくださった。

昭和四十三年五月七日　十一歳

家の柱に助けを求めて　記載　良子

オレへの暴力は、少しもなくならない。それどころか毎日のように新しい悪さを考えてはそれを楽しそうに、ゲームをするように、オレをいじめてくれる。何故毎日このような辛い目に遭わされるのか分からないので、思い切って父に聞いてみた。すると、父は素っ気なく「それは、お前にも悪いところがあるからだろうよ。だから、その悪いところをなくせば良いのだ」と言っていた。どのような悪いところがあるのだろうかと考えてみるけれど、それが分からなくて困っていた。ところが最近、男子らがオレに暴力をしている時、叫んでいる声の中でその理由と思われる原因を知った。「オレらの仲間は、ずっと昔からよそ者に差別されてきたので、よそ者のお前にその仕返しをするのだ。お前がここにいる間は仕返しされても仕方のないことだと思え！」

と言われた。

オレ自身は今まで誰のことも差別をした事など何もないのに、何故毎日仕返しをされるのか、また『長い間よそ者からオレらは差別されてきた』と聞いたけれども、その差別するよそ者はオレでない事は皆知っている。何故その差別する人に代わってオレが仕返しされるのだろうかと思ったので、ある日六人の子らにその事を聞いてみると、「お前に仕返しが行くのは、体が小さく弱そうなのでちょうどいいからだ。それにお前が何をされても親が何一つ文句を言わないからだ」との返事だった。毎日、このような扱いがあるのに、不思議と周りの大人は誰も何とかしようと考えてくれない現実に、毎朝登校する時間が近くなると「学校が怖いよ！」と泣き叫んでは全身で登校を拒絶するようになった。

それでも父と母は「勉強嫌いのわがまま」と決めつけて「そんな勝手は許されないぞ。子どもが学校へ行く事は国の法律で決まっているのだ」と力づくでも登校させようとしているので本当に困ってしまう。一番の解決は暴力をなくすことなのに、その事は誰も考えてくれず、オレが学校へ行く事だけ言われるので、どうする事もできない。誰もオレを助けてくれないので毎朝、登校する時間になると恐怖心から玄関の柱に助けを求めるように両手で柱にしがみつく毎日だった。オレの声は父と母に届く事はないので、仕方ないと思い柱にしがみついて泣くのだが、その指を一本一本柱から引きはがして、力づくで、オレを家の外へ引きずり出して学校へ行くようにせき立てる毎日だ。

昭和四十三年六月八日　十一歳
親切なトラックの運転手さんとの出会い　　記載　良子

毎朝、学校へ行く時間が近づくとすごい腹痛がして、何度も下痢をしてしまう。それもまるで壊れた蛇口から水が流れ出るような酷(ひど)い便が出るので、何度もトイレへ走って入る事になる。それを見た母は「何でそんなにトイレに入るんだ。水や紙がもったいないでないか。トイレは一度で終わらせるようにしな」とまるでオレがふざけてトイレに入っていると思い込んで怒鳴ってくるのだ。

学校へは列車で行くのだが、時々下車する駅で降りようとした時、また今日も学校で痛い事をされるのかと考えて、その恐怖から全身が緊張してしまい、そのまま三つ先の駅まで行ってしまう事がよくある。母は、いつも決して余分なお金は持たせてくれないので、その駅からだと四時間くらいの距離を学校まで歩いて行くしかない。それも土ぼこりのする田舎道や空が見えないくらいに木々が生い茂る森の中を歩いて行かなくてはならない。人も車もほとんど通らないので恐ろしくて泣きながら歩いているうちに、激しい下痢に襲われ、何度も草むらに入って用を足した。すると、今度は体に力が入らなくなり、立っていれないくらいになってしまった。

それでも歩かなくては学校へ着けないのでヨロヨロしながら歩いていると、良子のすぐ横に一台の大きなトラックの窓が開いて、運転手のおじちゃんが「お嬢ちゃん、小学生だろう。今頃こんなところを一人で歩いているなんてどうしたの」とオレに優しく声をかけてくれた。すると、今まで堅くなっていた気持ちがゆるんで涙が出てしまった。そこで今までの事をその運転手さんに話すと「それは大変だ。すぐトラックに乗りな。ちょうどお姉ちゃんの学校の前を通るから、学校まで送ってあげるよ」と言ってくれたので、お礼を言ってトラックに乗ろうとしたが、腹ぺこで全く力が入らず上に乗れずにいると、そのおじちゃんがトラックから降りて、オレを抱えて座席に座らせてくれた。そして、良子が腹ぺこな事を知り、昼の弁当用の大きなおにぎりを出してオレに食べるように言ってくれた。お礼を言ってさっそくいただいている間に学校が見えてきた。

車が門の前まで来るとトラックを止めてオレを降ろしながら「今度も今日のような事があったら、また学校まで送ってあげるよ。このトラックは毎日同じくらいの時間に通るのでその時は今日みたいにお姉ちゃんを見つけてトラックに乗せてあげるから、あの道で動かないで待っていな」とすごく嬉しい事を言ってくれた。お別れする時、おじちゃんの名前を教えてもらった。「新保さん」という人だった。その新保さんのトラックが遠く見えなくなるまで手を振って見送り、大きな声で「新保さんのおじちゃん、ありがとう！」と言って校内へ入った。

昭和四十三年六月十七日　十一歳
校舎の三階から逆さ吊りにされて　記載　良子

その六人の子らはオレに対してもともと何の恨みもないので、特に仕返しなどする必要はいらないと思うのだが、今日は、今までのうちで最も厳しく残酷な事をしてくれた。放課後、家へ帰ろうとしているオレを見つけた六人は、校舎の三階にある教室の窓側へ連れて行き、そこでオレは体ごと軽々と持ち上げられ、開け放たれた窓枠の上に体を内側に向けて座らせられた。すると、三人一組がオレの右足をしっかりと掴み、もう一方の左足は他の三人が同じくガッチリと掴んだ。その後、オレの体が動かないほどの力で窓枠に押さえつけられた。その時はまだ何をされるのかは理解していなかったが、六人の男子の一人が校庭にいる子たちに向かって「おーい！　これから面白い事をするぞ！」と叫んだ。

その瞬間、オレは自分が今何をされようとしているのかを知り、その場から逃げ出そうと全身でもがいた。恐怖は最大に達して悲鳴と共に大声で泣き叫んだ。その叫びが校内中に聞こえたのか、何事かと全校生が校庭に飛び出してきた。オレは二歳の頃から全身細く弱々しかったので、わけなく軽々と窓枠に座らされ、「そおれぇ！」の合図でその体は両足を上にして、窓の外に放り出されてしまった。その瞬間、校舎の三階の窓からオレの小さな体は外に向かって頭を下にして真っ逆さまに宙吊り状態にされた。もしその時足を持っている者の一人がうっかり手を滑らせようものなら、頭の方から校庭に落ちてそのまま地面に叩きつけられただろう。六人は下で見ている大勢の子どもたちに向かって大声で「今こいつを下に落とすから受けとれよ！」と騒いだ。

このような扱いに生きた心地を失ったオレは、その後の事は何も覚えていない。あまりにも無惨すぎるその行為を見たクラスのあの二人の女の子が、六人の子らに激しく詰め寄ってくれたのでその遊びはそれで終わったようだ。

オレは家に帰り、泣き泣き両親に今回の恐怖を話した。すると、父は声を荒げて「何をバカなことを言うのだ。オレの常識では子どもがそのような事をするはずはない。お前の話はいつも大袈裟すぎるぞ！」と怒鳴り、オレの訴えなどは全く聞こうとしない。以前から度々自分が考えている常識がすべての人が持っている常識で、その常識に反する者などいるわけない、と自信満々に自分の意見をあくまでも押し通そうとする父はやはり何か変としか思えない。

六人の子のうち、リーダー格の子が「オレらがお前に暴力をしているのに『そんな子たちがいるはずない』なんて言っているお前のオヤジは頭が変に違いない」と言っていたので、ある日そのまま父に言った。すると、父は「なぁに、どんな事言われようと、オレはそんな事屁とも思わん。言いたいやつには言わせておけ。そんな事はほっとけば、そのうちなくなるから、お前もそうしろ」と言うばかりで、オレを助けようとする気配はみじんもない。以前、このようなことがあったので、今日のことは父や母にはそれ以上強く言うことができなかった。

昭和四十三年七月三日　十一歳

スズメバチを体に押し付けられて　記載　良子

ハチが忙しく飛ぶ頃となった。その子らは毎朝学校へ来る途中に大きなハチを五、六匹捕まえて虫かごに入れて学校へ来た。教室に入る前に、草むらに隠して教室へは手ぶらで来た。放課後、帰宅を急ごうとしていた良子を待ち構えていた六人はそのまま人目につきにくい森へ連れて行き、そこで上半身の衣服をはがすように脱がせると、あのハチを摘みあげておびえるオレの背中に押し付けた。ハチは、約三センチはあろうかと思われるスズメバチだった。刺された時はまるで太い釘を体に打ち込まれるほど痛かった。一匹のハチに刺されてもその痛みは大変なのに、六人は一人一匹ずつスズメバチを持って、全員で楽しいゲームをするようにそのハチを良子の背中へ押し付けてくれた。鋭いキリで体を刺されたような痛さで、その後は、記憶が飛んでしまった。自分らがハチに刺されないように考えて、彼らは、その後全部のハチを踏み潰して逃げて行った。

ちょうど近くに住んでいるお百姓さんが畑仕事を終えて、自分の家へ帰ろうとしてそばを通りすぎようとしていたところで偶然、雑木林の中で倒れていたオレを見つけてくれた。周りに数匹のスズメバチが潰されているのを見て、「この子はハチに刺されたのだな」と分かり、すぐハチの毒を吸い出してくれたので命は助けられたが、オレがよそから来た子と分かると「よそから来た子には、これ以上のことはできない」と言い残して全身焼けるような激痛で草の上で倒れているオレをその場に残したままお百姓さんは行ってしまった。オレはしばらくはその場で横になっていたが、いつまでもそこにはいられないので、そろそろと立ち上がり、痛む体に服をつけて、家へ向かった。

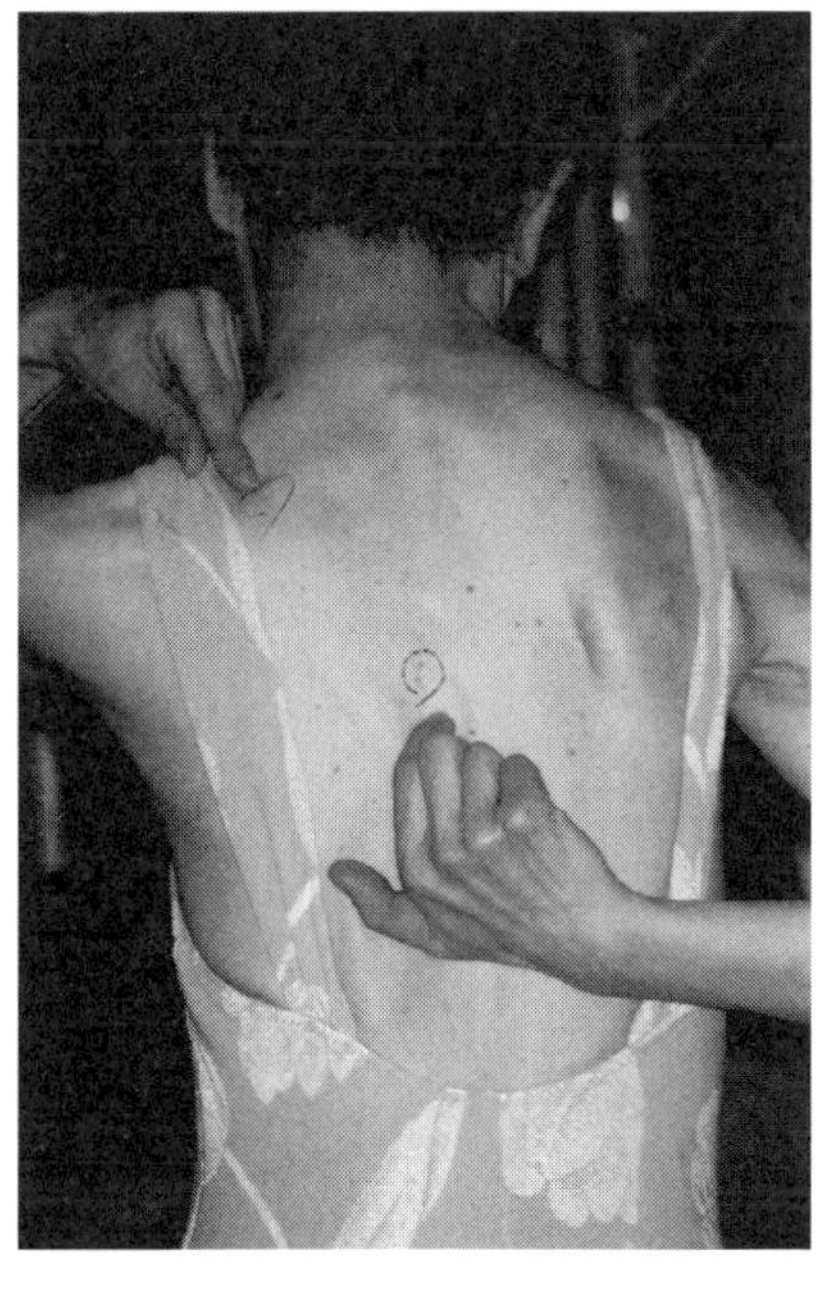

スズメバチに刺された傷跡

スズメバチを背中に押し付けられて、そのハチに刺された傷が数十年後の今もはっきりとこのように残っている。その刺し傷は深いへこみとなって、それと分かる形で数十年後までも見て取れる。

昭和四十三年七月十日　十一歳

マッチの火を足に押し付けられ　記載　良子

今朝六人の子らが家から学校に持ってきた物はマッチだった。「今日はこのマッチを使って面白い事をするぞ」と言っていた。オレは今日も学校を休みたかったが、あまり休んでいると母の金切り声が爆発すると思い、仕方なく学校へ行ったのだ。今日はどんな怖い事が待っているのかと考えたらまた腹が痛くなってきた。放課後、早く帰ろうと急いで支度をしているところへ六人が走ってきて、いきなりオレの腕をつかみ無理矢理、校庭の隅まで連れて行き、全員でオレの衣服を取り払ってしまった。下着だけにされたオレは「やめて！」と泣き叫んだが、その声も一切無視して家から持ってきたマッチに火をつけるとそれをオレの太股に強く当てた。あまりにも激しい熱さに悲鳴を上げて泣くのを見て、その子らはまるで楽しい遊びをしているように浮かれ騒いでいた。

その遊びは、今回が初めてではなく今までにも何度か繰り返されている。不思議な事に火のついたマッチは押し当てられて、その熱さに悲鳴をあげる声を聞いても、クラス中「こんな酷(ひど)い事はやめろ！」と言う人や、気にかけてくれる者はあの二人の女の子以外一人もいないのだ。もちろん、家に帰って父に今日の事を話そうとしたが、相変わらずテレビに夢中になって、良子の話など聞こうともしない。火傷の焼け付く痛さと家の者も良子を助けてくれない心細さとで、頭がグチャグチャになって、部屋の隅で泣いていると、父がいきなり声を荒げて「うるさい！　泣くなら外へ行って泣け！　ゆっくりテレビも見ていれんぞ」と怒鳴ってきた。いつまでこんな生活が続くのか全く見通しが立たず、ボロ人形みたいにへたり込んでしまった。

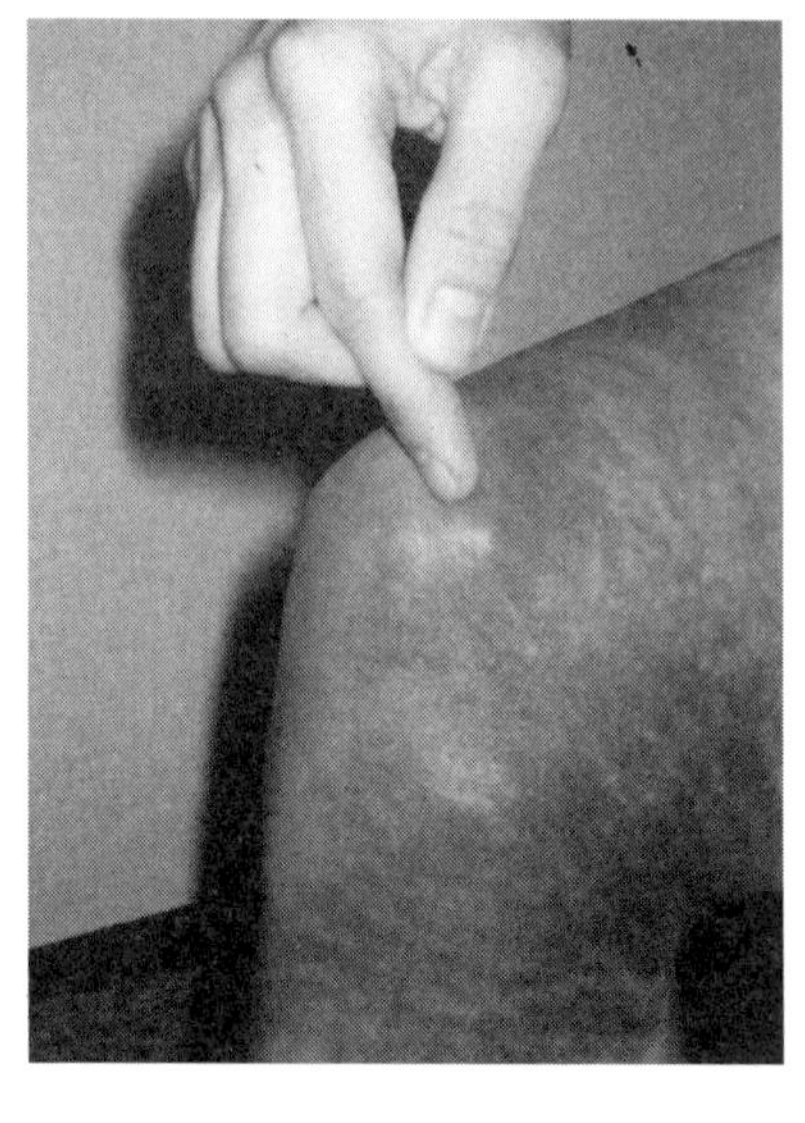

マッチの火傷の跡

2009 年 1 月末、良子は自転車で走行中に信号無視の大型バイクに跳ねられる事故に遭って、右の膝あたりを地面に強烈に叩きつけてしまった。その為、右足が炎症を起こして大きく腫れるが、その事で子どもの頃マッチで火傷をさせられてできた跡がこのようにはっきりと表れた。

昭和四十三年七月十五日　十一歳

アイロンで火傷をさせられて　　記載　良子

今日、その子らは何故か家からアイロンを持ってきて、昼休みに入ると、それを教室のカベにある電気の差し込みソケットに差し込んで熱くした。そして放課後、六人の子らに捕まったオレは「こっちに来い」と言われるまま彼らについていくと、人目につかない森の奥へ行った。一人の子が先ほど熱くしていたアイロンを持っていたので、不思議に思っていたが森の奥へ来た時、初めてアイロンを持ってきた理由を知った。そこで、六人はいきなりオレの体を押さえつけて、大声ではしゃぎまわりながら嫌がるオレの服を脱がせて、持ってきたアイロンを右肩の下あたりに思い切り力を込めて「ペタッ」と押し当てた。そのあまりにも酷い熱さに悲鳴を張り上げて、残酷な遊びを楽しむ六人の子らから逃げようと力一杯もがき全員を振り除けて「熱いよ！

熱いよ！」と泣き叫びながら、右肩下の火傷を冷やす水を探そうと無中で走りまわった。

どれほど走ったか、森を抜けたところで目の前に水溜りを見つけた。「あっ、水、水だ！」と叫んだオレはそのところがどこかも見る事なく、そのまま無中で水に飛び込んだ。オレは水に入るまでは間違いなく真水と思っていた。ところが、それは真水ではなく、なんとオレがいつも見ている海だと分かった時はすでに時遅く、塩水に入ってしまった事でそこをさらに大きく痛めてしまった。慌てて海水から上がったものの、酷い激痛で砂浜に倒れこんでしまった。近くでその様子を見ていた人が、良子の背中を見てあまりにも大きな火傷にすっかり驚いて自宅からバケツに水を入れて、塗り薬と一緒に持ってきてくれた。そして塩水を洗い流してから火傷に薬を塗って治療してくれた。激しい痛みから薬を塗ってもらっている間に後の事は何も分からなくなり、そのような状態でどのようにして家へ帰ってこられたのかは覚えていなかったが「痛いよ！　熱いよ！」と泣きながら帰ってきた事とそんな姿でフラフラと歩く姿を見ても、声をかけてくれる人がなかったことはかすかに記憶に残っている。

そのようにしているうちに、いつの間にか小松のおばちゃんのところへ向かっていた。火傷の激しい痛みから下着一枚になっていた。もちろん、カバンは背負えないので、左手で引きずって、焼け付く痛さに耐えておばちゃんの家まで夢中で歩き続けた。普段は学校から三十分で行けるのに、今日は一時間近くもかかっておばちゃんの家に着いた。おばちゃんは普段から「いつ来てもいいのよ」と言ってくれていたので安心して来てしまった。おばちゃんの家のドアを開けるなり「おばちゃん、助けて！」と弱々しい声で言うと、おばちゃんは汗びっしょりで立っているオレの上半身を見て、びっくりしながらも、いつものように迎えてくれた。

そして、破れ崩れたようになっていた火傷を見たおばちゃんは「どうしたの」と聞く前にすぐに救急車を呼ぶ電話をしてから、冷たい水をコップに入れてたくさん飲ませてくださった。その上、冷えたタオルで体の汗を拭って、お腹が空いたでしょうと果物のゼリーをたくさんくださった。その後すぐ救急車が来たので、近くの病院へ連れて行ってくれた。おばちゃんも一緒に病院へ行ってくださり、治療代まで支払ってくださった。小松のおばちゃんには今回も良くしてもらって助けられたけれど、本当は母がしてくれていいはずなのに、今日も母には見て見ぬふりをされた。

昭和四十三年七月二十日　十一歳

溺死寸前の恐怖があった日　記載　良子

今日から学校のプールが始まった。オレは五日前に大きな火傷をさせられ、その傷がまだヒリヒリするので、今日のプールは見学しようと思い担任の先生にその事を話した。すると、傷を水につけなければ大丈夫だからプールに入るようにと言われてしまい、本当は入りたくはなかったけれども背中が水につからないようにして、恐る恐る胸まで入った。

するとあの六人がいつものように笑いながらオレに近づいて来た。そして、オレのそば近くまで来た時、全員水に潜り込んだ。何か悪い事をされそうに思ったその時、水の中で足を強く掴む者がいた。びっくりする間もなく、オレはそのまま水底へ引き込まれてしまった。水に濡れないように注意していた傷痕まで全部水の中に入ってしまい、その痛さは気が狂ってしまうほどに酷く、それ以上に苦しかったのは、あまりにも乱暴に水中へ引っ張られたので驚いた瞬間、息をすっかり吐き出してしまい、その苦しさから手をバタバタさせて、その場から逃げようとしたが両足をつかまれて、プールの隅の方まで連れて行かれた。そこにはプールの排水溝があって、その六人は排水溝に良子の体を押し付けた。ちょうど、髪を肩まで長く伸ばしていたので、髪が排水溝に吸い込まれてしまい、すっかり身動きが取れない状態にされてしまった。

その後、担任の先生が水底で動けなくなっている良子を見つけて、排水溝に引き込まれたオレの髪をハサミで切って、水底から引き出してくれた。保健室のベッドで気がついた時、担任は「泳げないのに、何であんなに危ないところへ行ったの」と、まるで良子が勝手に排水溝の方へ行ったと決めつけられて、すごく怒られた。そして、「気がついたのなら、すぐ教室へ戻りなさい」と言われ、オレはその時先生に何も言えなかった。本当は先生から「何故あそこで溺れてしまったの」と聞いてほしかったのだけれど、そうではなかったので本心がっかりした。

昭和四十三年七月二十九日　十一歳

スープも取れない鶏ガラ　　記載　良子

今朝八時頃、母とオレと弟で、母の実家へ行くため家を出た。八時間ほど汽車に乗って、午後四時近くに目的の駅へ着いた。駅には親戚のおじちゃんとおばちゃんが車で迎えに来てくれていた。家ではオレより五つ年上のいとこのお姉ちゃんと二つ年上のお姉ちゃん、三つ年下の女の子が待っていてくれた。おじいちゃん、おばあちゃんも「おーおー、来たか。待っていたぞ」と言ってくれた。この前、親戚の家へ来たのは、オレが八歳の夏休みだったので、三年ぶりに皆に会った。親戚の人たちが良子を見て、「良子は何でこんなに小さいのだ」と母に聞いていた。それで母は「お父さんが小さい人なので。お父さんに似て小さいのだべ」と言っていたが、その事について良子から親戚の皆に本当の事を言ってやりたかったけれど、その時は黙っていた。

その後、母が用事で外へ出掛けた時、おばちゃんたちに「良子が他の子より体が小さいのはお母ちゃんが大きい家を買うのだと言って、良子のご飯をうんと減らし、その分のお金を貯めているからだよ」と言ったら皆びっくりしていた。夕飯後、一番年下の女の子と風呂に入った。その子は今八歳なのに、十一歳になる良子と背の高さがあまりかわらない、それだけオレの体が小さい事を知って、その子もビックリした。それより良子の体にくっきり残っている、多くの傷痕(きずあと)を見て驚いたように「このたくさんの傷、どうしたの」と言って、背中のアイロンの火傷の跡やスズメバチに刺された傷痕などを見て、聞いてくれたので、今年の四月に転校した学校で毎日ある暴力の話をしたら、さらに驚いたようだ。お風呂を出た後、その子は二人のお姉ちゃんにオレの体中についた傷のことを話してくれた。二人のお姉ちゃんは「良子のお母ちゃんはこの事は知っているのか」と聞いてくれたので「今まで何回も話したけれどお母ちゃんは『そんな話聞きたくない』とか『そんな物見たくない』なんて言ってずっと何も助けてくれないよ」と言ったら「良子はかわいそうだなぁ」と涙を流してくれた。お母ちゃんは大きな家を建てるのだと言って、お金を貯めることばかり考えているので良子のことを考える暇なんかないことも話した。

その後、おじいちゃんとおばあちゃんにもその事が伝わりオレはすぐに二人の部屋に呼ばれ、今日までの事を色々と聞かれた。その上、「お母ちゃんは前よりだいぶ体が細くなったようだけれど、良子はお母ちゃんの体重が今どれくらいあるか知っているか」と聞かれた。「今は三十八キロらしいよ」と伝えた。「結婚する前は四十八キロ以上はあったのに、お父ちゃんは何も言わないのか」と心配していた。「お父ちゃんは毎日会社が終わるとずっとテレビの野球と相撲ばかり見ていてお母ちゃんのこともオレのことも何も気づいてはいないし、お母ちゃんは家を買うんだと言って、自分と良子のご飯をうんと節約して家を買うために貯金しているよ。オレは前からずっと毎日腹ぺこにされているから栄養失調で体がこんなにモヤシみたいになってるよ。二人のお姉ちゃんから『良子は鶏ガラみたいに、ひどいやせっぽちになって、かわいそう』って言われたよ」と話した。すると、おじいちゃんが「とにかくここにいる間はうんと食べていきな。帰る前にお母ちゃんには色々と話しておくから安心しな」と嬉しい事を言ってくれた。

良子（左）と親戚のお姉ちゃん（1968年7月）

良子が11歳の夏休みの時、母が親戚の家へ連れて行ってくれた。そこの家のお姉ちゃんは良子よりたった一つだけ年上なのに、すごく大きく見えた。それだけ良子が小さくてみじめに見えた。すると、そのお姉ちゃんは「良子一体どうしたんだ。随分やせこけて。私より一つしか違わないのに。幼稚園のオボコみたいだぞ」と散々言っていた。

昭和四十三年八月六日　十一歳

平和を語るおじいちゃんは恐怖の的　記載　良子

今朝食事が終わってから、大人も子どもも全員離れ座敷のおじいちゃんの部屋へ来るようにと、おばあちゃんから話があった。すると一番上のお姉ちゃんが良子に「八月六日と十五日はおじいちゃんの部屋で特別なお話があるんだよ。一時間くらいお話を聞くので、今のうちにトイレに行っておいたほうがいいぞ」と教えてくれた。そこでオレは言われた通りに用足しをすませてから、おじいちゃんの部屋へ行った。部屋は十帖くらいの広さがあって、部屋の中央には大きなテーブルがしっかり置いてあった。それを囲むようにして、大人も子どもも緊張した顔で正座したままで静かにおじいちゃんが来るのを待っていた。大人と子ども九人が何もしゃべらずにいるなんて、すごく息がつまりそうな気分だった。その時オレより一つ年上のお姉ちゃんがうっかり「ああ、また毎年同じ平和についてのお話を長々聞くのか、いやだなぁー」とボソッとつぶやいたところにおじいちゃんが入って来て、そのつぶやきを聞かれてしまい、さぁ大変、おじいちゃんはそれが気にさわったのか「何に！話を長々聞くのがイヤだと、平和の大切さを学ぶのがなぜイヤなのだ！」とえらい剣幕で怒っていた。「今から二十三年前の今日、八月六日に広島に、そして八月九日には長崎に原子爆弾が落とされた。それも一箇所につきたった一つの爆弾が落とされたのに、何十万もの人が亡くなった。そして、原爆症で、今なお苦しい思いをしている。ここにいる皆と同じくらいの子どももたくさん犠牲になってしまった。今こうして平和に生きている者は二十三年前のこの時に多くの人が苦しんで亡くなった事を忘れないようにするのだぞ。そして、今後、先々までずっと戦争のない社会を皆で作るように、子どものうちからしっかりと考えてほしい。戦争なんぞ絶対にいかん」と、すごく熱心に話してくれた。

その時、おじいちゃんの平和についてのお話を聞きながら、オレは思った。

「おじいちゃんのお話は大切な事だけれど、オレは今も毎日大勢から殺されそうなほどに暴力をされているのに、おじいちゃんは二十三年も前のことしか問題にしていないのは変だよ。オレは今も大勢を相手にたった一人で戦争をさせられているよ。昔の戦争のことを言うのも大切だけれど、一人で戦っているオレのことを助けてほしいよ！」と、皆の前で大声で叫びたかったけれど、その時は何も言わずに黙っていた。

おじいちゃんの特別な話が終わり、みんなが解散してから、おばちゃんがこのようなことを言っていた。「おじいちゃんは、今でこそ『平和、平和』と声高らかに叫んでいるけれど、戦争中はそれこそ、戦争を嫌う人には『あんたは非国民だ！』と大声で攻め立てているような人でな〜、それが、日本の敗戦が決まった途端、急にあのような力説を毎年唱えるんだから、家族は大変さ」と、つぶやいていた。

その「非国民」とは、戦時中、国が決めたことに対し国民として協力しない人に対する暴力的発言なのに、何故かオレの父や母やクラスの男子たちは、今でもオレに「お前は非国民だ」と言い続けている。それは、「義務教育は、国が決めたことなのに、それに違反するからだ」との事らしいが、オレは学校で虐待されて通学できないだけなのだ。本当の非国民は、弱い者を苦しめる者や、それを見て見ぬふりをして助けようとしない大人ではないだろうか。それは、暴力は国の法律に違反しているからだ。

昭和四十三年八月二十四日　十一歳

このような大人にはなりたくないと決心した　　記載　良子

親戚の家での毎日は本当に楽しかったけれども、八月十一日に二週間ぶりでイヤな実家へ帰ってきた。家に帰る前日の夕方、おじいちゃんが、母を呼んでオレの体についた大きな傷のことで母に色々聞いてくれた。「良子の体についた傷は一体どうしたのだ」と聞かれた母は「家で転んでついた傷だ」とウソをついた。どう見てもウソと分かる話を平気で言って、その場をうまく逃げようとする母に「転んでこんな傷ができるか。アイロンで焼かれたような跡や蜂に刺されたような跡とすぐ分かる傷だぞ。この傷が転んでできたものではないことくらい見ればすぐ分かる。それにお前も良子までもこんなにヒョロヒョロのやせこけた体になって、どうしたんだ。嫁に行く時はもっと太っていたぞ。このような体では二人とも体をダメにするぞ」と、改めて母に言ってくれて嬉しかった。

その日は母もその事についてオレに何も言わなかったけれど、次の日、親戚の皆と別れて列車に乗ってからが大変だった。母は列車に乗っている間中ずっと大声で「お前は何であんな恥ずかしい、みっともない事を皆に話してくれたんだ」と長々怒鳴り続けた。本当はおじいちゃんに注意されて、母が考えを変えてオレを慰めてくれる事を期待していたけれど、今までよりももっと怖い母になってしまい、ガッカリした。その列車の中でもオレがトイレに行こうと席を立つとトイレの前までついてきて、オレが他の人に母の悪口を告げないようにしていた。母は何か自分に都合の悪い事があると、それをごまかすのに、なりふり構わず、何でもするのをいつも見て来たので、あの時、母がオレの後をついて来た時、何を考えてあそこまでしたのかすぐ分かった。

母の怒り声があまりにもひどいので、良子はすっかり腹の調子を崩し下痢が止まらなくなり何回もトイレに行く事になって、すごく困ってしまった。オレは何も悪い事をしたわけではないし、特にみっともない事も恥ずかしい事をしたわけでもない。むしろ「恥ずかしい事、みっともない事、かっこ悪い事」を平気な顔をして言ったり、したりするのは母の方だ。そして、誰が聞いても「ウソ」と分かる話を真剣な顔で話す事がよくある。今回おじいちゃんがこの体の傷について母に聞いた時も「ウソ」と分かる事をビクビクする事なく言えるのが、不思議でならなかった。そのような母を見て考えた事がある。それは、母のように自分のことばかり考えて絶えず平気でウソが言える大人にオレは絶対になりたくないということだ。

昭和四十三年十一月十一日　十一歳
本当に酷(ひど)いことをされているのに今日も助けは無し　記載　良子

転校してから毎日のように苦しく辛い事の連続で、オレはまるで酷い事をされるために京都からこの学校へ来たように思える。ここの子らは泥靴でオレの体を蹴り上げたり、踏みつけたりするのが楽しく面白いみたいだ。しかし、泥靴ならまだマシな方で、この前は学校へ来る途中で犬のフンをわざと踏んでそのフンだらけになった靴でオレの顔やら頭を蹴り上げ、小さな体がその場に這いつくばると今度はその汚れきった靴で髪に思い切りそのフンをこすりつけた。その後オレはすぐトイレの手洗場へ行き、寒さで震えながら頭やら顔にこびりついた汚れを泣き泣き洗い続けた。一時間くらい洗って、汚れはほとんど落ちたが、臭いだけはどうしても残ってしまい、仕方なく臭いの取れない惨めな姿のままで家へ向かった。

他の日には、誰かが家から持ってきたものをオレの口に無理に押し込む遊びをしてくれるのだ。今まで、オレが口の中へ入れられたものは餅、形の大きな飴、濡れたハンカチ、使い古しの臭いソックス、濡れティッシュ、ゴム手袋、こんにゃく、食パン一斤丸ごと、その他を口へ押し込み喉深く詰めるのだ。そして、息ができなくされて、全身苦しみもがいて転げまわるのを見るのが皆、楽しいみたいだ。一番酷いのは、野球のボールを口に押し込められた事だ。今日その六人は、オレを地べたに押さえつけて動けないようにした上、両手で頭を力いっぱい押さえ込み、他の子が汚れきった指をオレの口に差し入れた。そして、力まかせにその口を大きく広げて、大声で「もっと開けろ。顎をはずさないと入らないぞ！」とわめきながら、さらに力を込めて、オレの顎を上下に大きくはずした。そして何やら口の中に押し込んでくれた。後で知った事だがそれは泥だらけの野球ボールだった。そのボールは誰が取り出して、顎を元に戻してくれたのかも分からず、気がついたら保健室のベッドに寝かされていた。それにしても、本当に酷いところへ来たものだと思って、今日の事を母に話したら「お父さんが会社で偉くなるためここに来たのだから、我慢しな」と平気な顔をして言うだけだった。

昭和四十三年十一月十六日　十一歳
銀行のお姉さんとの出会い　記載　良子

ピアノ教室で十二月二十二日の日曜日に発表会があるので、いつものレッスンのほかに土曜日の午後も発表会のレッスンをする事になった。土曜日は学校から家まで歩いて帰る日なので、それからレッスンに行くのは大変だけれど、オレはどうしてもやるぞと決めて三時半からのレッスンに間に合うように家を出た。

バスを降りて、ピアノ教室へ行くのに、商店街を歩いていると、銀行の中から同じ形の服装をしているお姉さんが六人出てきて、銀行の大きなドアを閉めて鍵をかけようとしていた。まだ三時なのに、銀行はどうしてこんなに早く終わるのかなぁと思って、外にいたそのお姉さんに「まだ早い時間なのに、どうして銀行は三時で終わるの」と聞いてみた。すると、一人のお姉さんが笑顔でオレに「銀行は三時になるとドアを閉めるのよ」と教えてくれた。

「わぁー、毎日三時に仕事が終わるなんていいなぁ。オレも大きくなったらお仕事が早く終わる銀行で働きたいなぁ」と言うと「お嬢ちゃん、かわいい事言うのね。私たちはこれからが大変なのよ。お金の計算が合わないと、合うまで帰れないのよ」と笑っていた。「ヘエー、銀行の仕事って、大変だね。そんなに大変なお仕事ならオレはピアノでがんばるよ」と言った。

すると、一人のお姉さんが「良子ちゃんはどこの幼稚園に行っているの」と言うので、「今小学五年生だよ」と答えるとオレの体があまりにも小さいのでびっくりしていた。家を買うため、毎日ご飯を減らされているので体が大きくなれない事を話したら、そのお姉さんはオレがきっと今もお腹を空かせているのだろうと考えて「今パンがカバンの中に入っているから、少し待っていてね」と言ってパンを持ってきてくれた。そしてそれを、オレにそっと渡してくれたのですごく嬉しかった。近くのピアノ教室で十二月二十二日に発表会があるので、今日から土曜日もレッスンに行く事を話した。すると、「私も小さい頃ピアノを習っていた時があったけれど、すごく難しいでしょう。だから、二年くらいでやめたのよ。良子ちゃんは本当にピアノが好きなのね」

と言ったので、「転校先の学校で毎日暴力があるけれども、ピアノを弾いていると学校での暴力も腹ペコな事も忘れられるくらい楽しいの」と言ったら「かわいそうね」と涙を流してくれた。

そして、「良子ちゃんの発表会には皆で聞きに行くわ」とすごく嬉しい事を言ってくれた。今日初めて出会った銀行のお姉さんが皆で来月の発表会に来てくれるなんて、今からその日が楽しみで一人でニコニコ、ワクワクしながらピアノ教室へ急いだ。

昭和四十三年十二月二十日　十一歳

金具付きの橇（かんじき）で　記載　良子

雪の多い地方では、雪の日の外出には、足が雪に取られたりしないように履物の下に木の枝やツタなどを輪っかにした「檋」という補助具が使われる。六人の子らは、檋の下に滑り止めとして、先が鋭い釘のような金具を取り付けて通学していた。ところが先日の放課後、彼らは雪が積もった校庭にオレを呼び出して、オレが履いている靴とソックスを脱がし、裸足で雪の上に立たせた。その時、寒さと冷たさとで震えながら立ちすくんでいるオレの足を六人で強く押さえつけて、そのうちの一人がすっかり冷えた足を何も考える事なく、釘のような金具の付いた「檋」で思い切り強く踏みつけた。すると、激しい痛みが走り、それと同時に真っ赤な血が降り積もる雪を一気に染めた。その時はまだ自分の身に何が起きたのか、すぐには理解できず、今とんでもない事になっている事にも気づいていなかった。

しかし、オレの細い足の甲から勢いよく流れる血を見て、初めて大変な事になっている事に気付き、降り積もる雪の上で力なく、へたりこんでしまった。そんな姿のオレを見て、六人は子どもとは思えないほど、狂気じみた笑い声をあげて小躍りするようにその場を立ち去った。笑い転げる彼らの狂い笑いを聞きながら、あまりに激しい痛みにオレはその場で記憶を失ってしまった。彼らは、その日右の足の甲だけ踏みつけ、数日後、今度は、左側の足の甲も同じように踏んで思い切り楽しんでくれた。六人の子らにとっては、ただの気楽な遊びなのだろうが、その時「ガシッ」との鈍い音と共に、足の甲に深く入り込んだ。橇の事はもちろんすぐ父母に話したが、父は相変わらず何の関心も驚く事もなく、ただ一言「うるさい！　ゆっくりテレビも見ていれん。泣くなら外で泣け！」と怒鳴った。母は「そんなもん、見たくない」と言って、足の傷すら見ようとせず、何も知らない事にしようとしている。父に「泣くなら外へ行って泣け」と一声怒鳴られてその後、激しい風雪とで吹き荒れる戸外へ引きずり出されてしまった。あまりにも寒く、体が冷え切ってしまい、そこで仕方なく隣の家の人に事情を話して助けを求めた。

しかし、その人は会社では父の部下に当たる人だったので、父に逆らうような事はできないと断られ、そのままじっとしていると体が凍りついてしまいそうなので、少しの間、町中を歩いてみたが、昼の傷が長靴でこすれて痛くなり、そこで自分の部屋の鍵のかかっていない窓から中に入り、厚手の防寒具を持ち出し、自宅の物置小屋に入り込み、寒さと激痛に耐えながら、明け方を待った。

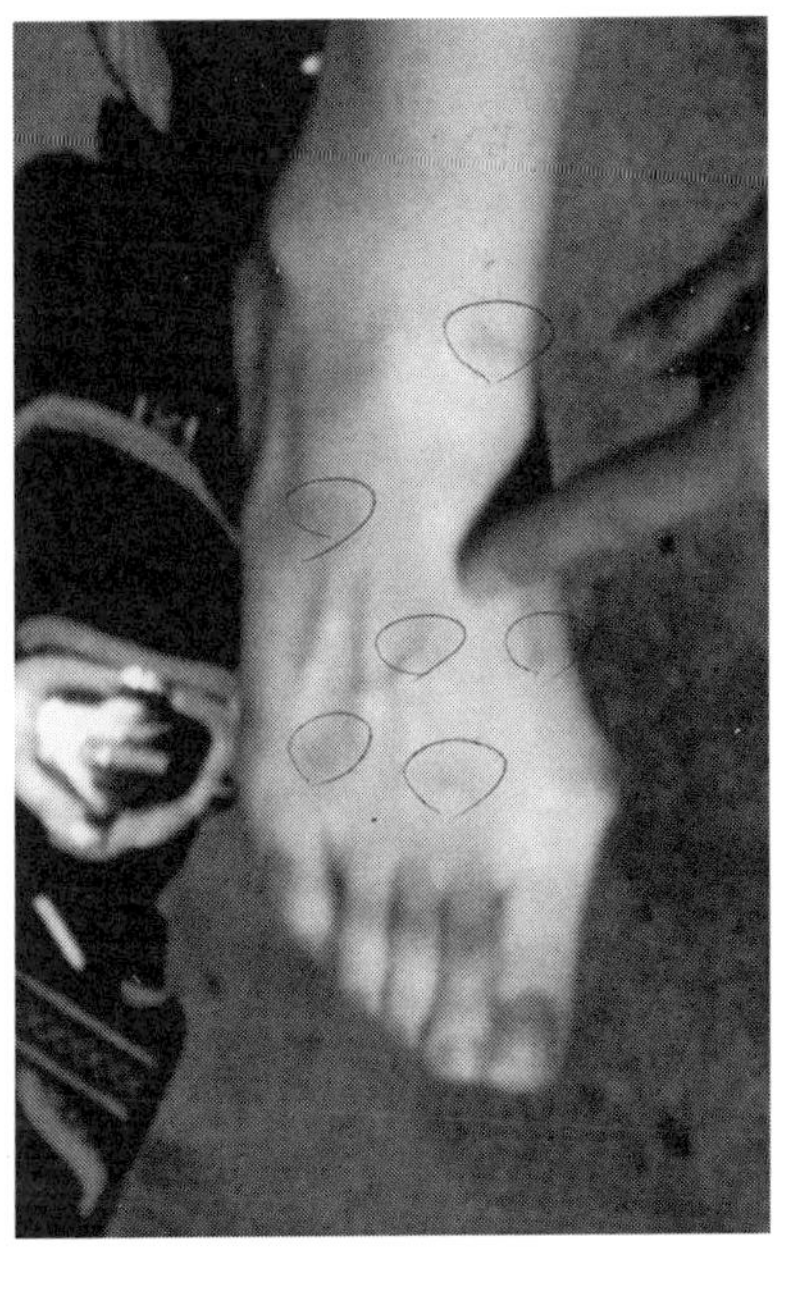

「カンジキ」で踏みつけられた傷跡

その子らは雪が降り積もる日に、良子を校庭に呼び出して雪の上に裸足で立たせた。そして、彼らがその日長靴に取り付けてきた鋭い金具付きの「カンジキ」で良子の足の甲を力任せに「ガシッ」と踏みつけた。その時つけられた傷が両足の甲に残っているのが分かる。

昭和四十三年十二月二十二日　十一歳

苦境を越えての発表会　記載　良子

今日一時半からピアノの発表会があった。オレは一時間前には会場に入った。お母ちゃんも来てくれた。時間が近づくにつれて、会場は満員になった。いつもレッスンをしている教室での発表会なので、四十人くらいで会場がいっぱいになった。今日の発表会の事は一週間前にタンバリンのおばちゃんにも話したら、早くから来てくれて、一番前の椅子に座っていてくださり、すごく嬉しかった。銀行のお姉さんたちも早くから来てくださった。お姉さんたちにオレはそっと手を振った。タンバリンのおばちゃんは日曜日が一番忙しい日なのに、「良子ちゃんの発表会はぜひ行くわ」と言って、本当に来てくださって涙が出そうなくらい嬉しかった。おばちゃんは駅の近くやデパートの近くでタンバリンを鳴らしたり、神様のお話をする時はいつも色の濃い紺色の洋服を着ているのに、今日は私服姿だったので、初め見た時はおばちゃんとは気づかなかった。一番前列に座っているおばちゃんがオレを見て、ニコニコ笑顔で手を振っていたので、良く見ると、タンバリンのおばちゃんと分かり「タンバリンのおばちゃん！」と叫びたくなったが、今日はそれを我慢した。銀行のお姉さんたちも今日は皆自分の服だった。

この日のためにオレが一カ月間練習して来た曲は「ソナチネ・アルバム一の四番」と「ソナチネ・アルバム一の十一番」の二曲だった。タンバリンのおばちゃん、銀行の六人のお姉さん、今日は本当にありがとう！　オレは二日前にも「カンジキ」で足を踏みつけられたので、足はまだガンガン痛かったが、「あいつらに負けてなるものか」と自分に強く言い聞かせて、発表会は最後までやり遂げることができた。

昭和四十三年十二月三十一日　十一歳

義務教育終了カレンダーを作った訳　記載　良子

今日は今年最後の日、大晦日だ。昨年の今頃はテレビの紅白歌合戦を眠いのも忘れて紅が勝つか、白が勝つかと心ワクワクさせて見ていたのを思い出している。でも、今年は毎日が辛くて苦しくて暗い気分だ。とても楽しい大晦日どころではない。

今、オレは自分で作った「義務教育終了、カレンダー」と書いたノートを見ている。そのカレンダーは義務教育を卒業する、昭和四十八年の三月末がゼロ日になるよう一日一日その数字が減るように、タンバリンのおばちゃんに見てもらいながら間違いないように作ったものだ。今日、昭和四十三年十二月三十一日は「義務教育」が終わるまで、あと「一五四三日」と記してある。この数字を見るだけだと、あまりにも大きな数字が目の前にあるので、気が重くなるが心静かにゼロ日を待っていれば一日一日確実にその日に近づくのは確かだ。こっちへ引越す時、また京都へ帰ってくる事を考えて、母は前もって京都方面に土地を買っておいたのを思い出した。「もしかするとそのうちに、父が本社へ戻るのが決まって、早くここを離れる日が来るかもしれない』と少し希望を持っている。

九日前のピアノ発表会はとても良かった。発表会に参加が決まってからは、足の痛いのも忘れるくらい猛烈に練習をした。オレに毎日暴力をしてくれる六人の子らには絶対に負けるものかと自分に言い聞かせて頑張ってきたからできたと思っている。一番辛くてきびしい時に一生懸命に練習を続けたこのピアノレッスンは、将来役に立つ日が来ると小松のおばちゃんから教わった事を思い出している。もう間もなく新しい年を迎えようとしているが、次に来る一年間も毎日あのカレンダーを眺めながら「義務教育が終了する日を見つめて生きていくぞ」と決めた。いつかはこの嫌な辛い毎日が終わる日が必ず来る。絶対、確実に来るぞ！

昭和四十四年四月二十一日　十二歳

首にドアを打ちつける遊びは楽しいの？　記載　良子

昼メシを急いで終わらせて、校庭へ行こうとしていると六人の子らがオレを追いかけて来た。体力のないオレは簡単に捕まって、教室のドアのところまで引っ張られて行った。捕まると次にある虐待の苦痛から自分を楽にするのは気を失って、何もかもが分からなくなる事しか自分を守る方法はない。その上、誰も虐待からオレを助け守ってくれることなど期待できなかったので、我が身を守る方法はこのようなことしかなかった。六人は体の弱々しいオレが何をされても何の抵抗もできないことを知った上で、力まかせに殴る、蹴るなどを気ままにしてくれる、そして「弱いほうが悪いんだ」と言って、「弱いのが嫌なら強くなれ」とも言っている。また「よそ者」や「仲間でない者」への暴力は、なぜか当たり前のようにごく普通に認め合っているみたいだ。

これは、一体、どうしてなのかと思う。次々とあまりにも激しい虐待があるので、いつの頃からか胃や腸が口から飛び出してしまうのではと思うくらいに体中が変になってしまった。今日六人は教室の後ろのドア近くへオレを引きずるように連れて行き、ドアを少し開けると、柱とドアの間にオレの首を差し入れて、顔が下向きになるようにしてくれた。その後、「もしかするとオレの首にドアを打ち付けるのでは」と思った瞬間、教室側にいた三人がその体と手足を力一杯押さえつけ、廊下側に立つ一人がその髪をわしづかみにして頭が動かないようにした。そして、オレの首の右側をドアの柱に強く押し付け「よっしゃあ！　準備ができたぞ」と誰かが叫んだ。その時、オレは自分の身に何が起きるのか思い巡らせて猛烈に暴れようとした。でも、毎日腹ペコな状態で出す力など全く役に立たず、これは無駄な抵抗でしかないが、それでも必死に抵抗した。その後、耳元で「バシャン」と大きな音が響いた。それは教室のガラス入りのドアを思い切って閉めた時の激しい音だ。すると、首の左側に強い力が加えられて激しい痛みを感じ、その後の事は何も分からなくなった。

どれほどの時間が過ぎたろうか。意識を取り戻したオレは体を起こしてトイレの手洗い場へ行き、水で熱くなった首を冷やした。しかし、いくら首を冷やしても、その痛みは治らないので、近くにある鏡で首を見て驚いた。それは首がすっかり黒ずんで大きく腫れ上がっていたからだ。家へ帰ったオレはいつもと様子が違っていたはずなのに、両親はその事には何も触れず、むしろも何もなかったかのように無視していた。このような両親なので、首の事を話しても「お前の話はいつも大袈裟だ。そんな事は自分で解決しろ」と声を荒げて言われるだけなので何も言わなかった。

首に怪我をさせられた後、オレは家に帰る前にいつもの海辺へ行くと、ちょうど四人の漁師さんが綱の繕いをしていた。漁師さんはオレが何も話していないのに、すぐ良子の首の腫れに気づいて、すぐ持ち合わせていた薬を塗ってくださり、本当に嬉しかった。

昭和四十五年五月二十九日　　十三歳

父との親子関係が遠く感じた瞬間　　記載　良子

四月から中学生だが、六人の子らとはまた同じ学校なので、あと三年間も彼らと一緒だと考えると本当に心が折れる。入学後、身体検査と検便があった。後日、オレは校医先生に呼ばれて「君は標準から見てかなり小さいね。どうしたの？」と聞かれた。そこで、家での事や学校での辛い事を先生に話そうかと思ったが、仕返しが怖くてその時は黙っていることにした。

続いて、検便の事でも質問があった。オレの便から段ボールや新聞紙らしき異物や原形をとどめない昆虫の羽とその足のように思われる異物が混じっていたが、これはなぜかと聞かれたので、仕方なく次のように話した。段ボールとほかの紙は、母からメシを減らされているので、極度の飢えから、道端に捨ててあったのを近くに溜まった泥水に浸して腹に詰めたもので、昆虫はクラスの男子が時々オレの弁当にゴキブリやアリをつぶして入れることがあったので、いつも食べる時には何か入っていないか確かめるようにしているが、あまりにも上手く入れるため、気がつかずに食べてしまって、便となって出てきてしまうのだろうと先生に言った。

先生にはその事を母やクラスの男子らには黙っていてほしいと頼んだが、校医として何も話さないわけにはいかないと母やその男子らに、今後悪事を改めるようにと注意してくれた。しかし、母からは先生に余計なことを話してくれた罰としてその日の夕食は抜きとされ、その上さらに、今後は今よりもオレの飯の量を減らすと言われた。また、男子六人からは、校庭の隅まで髪の毛をつかんで引きずられて行き、そこでボコボコに殴る蹴るの罰を受けた。思った通りのことだ。今日のことを会社から帰ってきた父に話したら、父は笑いながら、今はやっているコミック歌謡の真似をして、鼻歌まじりで「そのうち何とかなるだろう」と口ずさんで浮かれ切った返事が戻ってきた。父との親子関係が、ますます遠くなるのを強く感じた瞬間だった。

昭和四十五年六月十九日　十三歳
酒気帯び状態で教壇に立つ教師　記載　良子

化学の時間に担当の先生がひどく臭う液体が入った容器を持って、教室に来た。そしてクラス全員に向かって「今日は実験をするが、その前に見せたいことがあるのでよく見ておけ。ところで、そこのお前、こっちへ来て実験の手伝いをしてくれ」とオレを手招きして容器の置かれた机の横に立たせた。「実験の前に、皆に見せることがあるので、こいつに参加してもらう」と言った。今まではオレはいつも邪魔者扱いされてきたので、その時、先生から呼ばれて実験の手伝いをするように言われて、すごく嬉しかった。「それでは、この容器の中にある液体に両手の指を全部入れてもらう」と言われたので、先生の指示通り素直に自分の指をその中に入れた。それも先生の手伝いができることが嬉しくて、ニコニコしながら先生の言葉通りにした。

しかし、その喜びも心の高鳴りも液体の中に指をいれたとたん、激しい痛みと猛烈な熱さとでいっぺんに消えてしまい思わず指をその容器から引き上げてその指先を見て驚いた。両手の指十本の皮膚がすっかり赤くむけていたのだ。その時は自分の身に何が起きているのか、まだ理解できなかった。先生はクラス全員に「いいか、この中にある液体は今見たように、ちょっと触れるだけでこのように大火傷する薬品だから絶対に触るな」と言いながら、大火傷したオレには「もう用事は終わったから自分の席に戻ってもいいぞ」と軽く言っただけだった。

その時初めて、自分の指が大変なことになっているのに気がつき、激しく焼け付く指を冷やそうと、泣きながら水道のあるところへ走った。この地方は大変寒い所なので、冬は冷えた体を温める手段として大人は昼から気軽に酒を飲む習慣があるようだ。その教師も時々朝から酒の臭いをさせて、教室へ入ってくることがあった。その日もその教師は「ああ、今日も頭痛がする二日酔いだぁ」と言って、生徒の笑いを取るようにつぶやいていたのを思い出した。

後日、クラスの女の子が話してくれた事には、その教師はあの日、確かに酒の臭いを強くさせて教壇に立っていた、と話してくれた。毎日オレに虐待をしてくれる子らも、酒に酔った親から三歳の頃から面白がって酒を飲まされていると本人から聞いた事があった。脳が成長する幼い時期から酒を飲まされて来た子らは、きっと考える力も低くなっているのだろうと思う。そうでなければ、あのような狂気じみた事を平気で弱い良子にできるわけがない。周りの大人が酒に酔う度に子どもに酒を飲ませて、その子の脳に悪影響を与えている事をその親は知っているのだろうか、と思ってしまった。

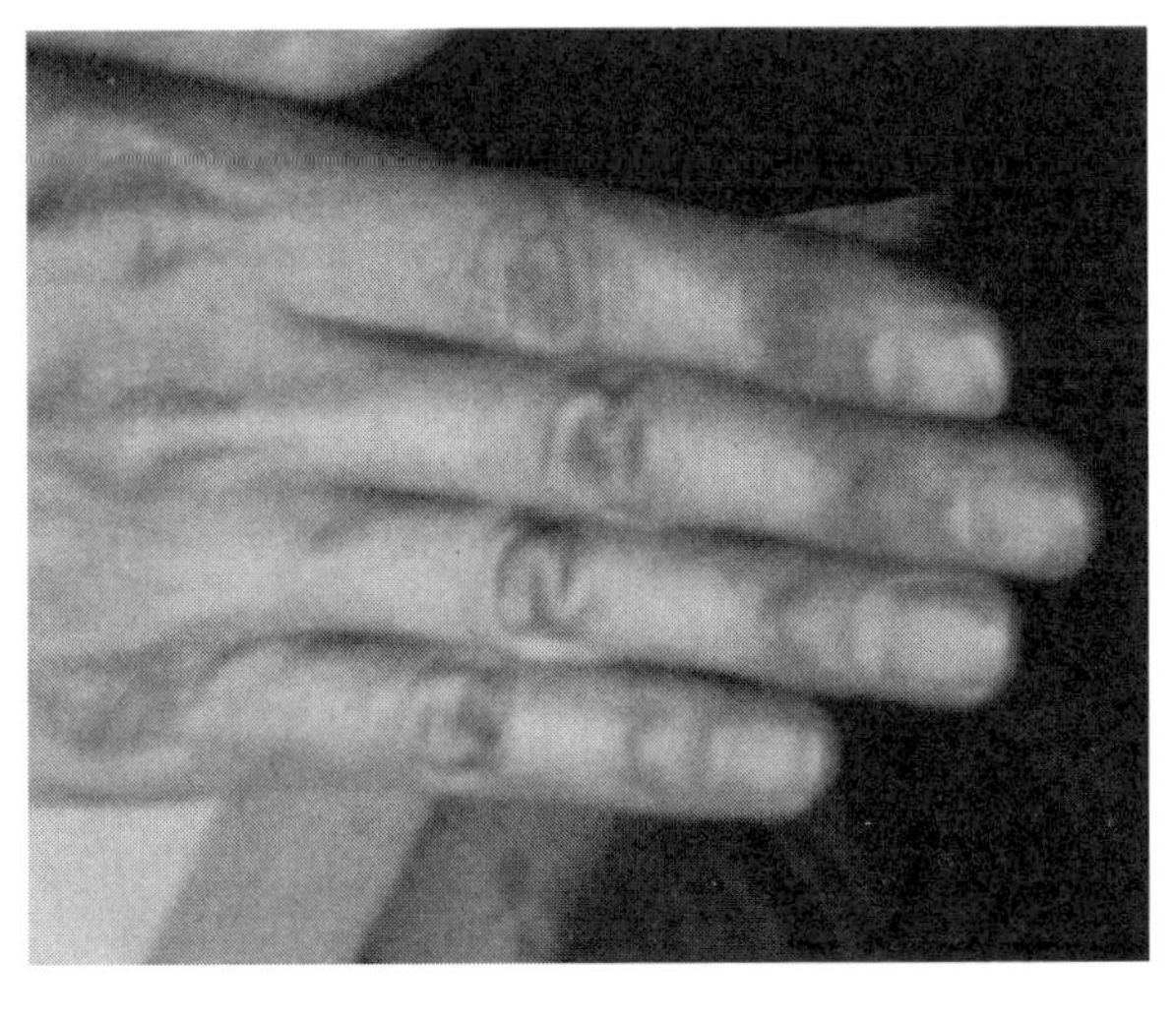

酸の原液に触れたことによる指先の変色

激しい悪臭のする液体が入ったビーカーに指を入れさせられた良子は当時十三歳であったが、あれから五十年過ぎた現在も、あの時の液体で今なお指先がこのように変色している。

昭和四十七年三月二十三日　十四歳

突然のお別れ　　記載　良子

父は昭和四十三年三月末に、会社の仕事の関係で家族共々新任地へ向かったが、いずれまた京都へ戻ってくるからと京都近郊に土地を購入した。そして、購入したその土地に四年後の今年三月末に家を新築した。本来の予定では父が京都の本社へ戻った後だったが、ある事情でその計画が早くなった。それは彼の地でのオレに対する不当行為が少しもおさまらず、ますますエスカレートしたため、極度の恐怖から逃げ場を失ったオレはたった一度激しく抵抗した事があった。今まで、どんなに惨(むご)い事をされても、されるままのオレだっただけに、その抵抗は、周囲の人々によっぽど大きなショックを与えたのか、その出来事をきっかけに今まで不幸続きのオレにとっては思いのほか、良い方向へ進む事になった。

事の始まりはある日、教室に誰もいない時間があり、クラス全員校庭に出て行って体操をしていた。その時オレは、教室に誰一人もいない事を知っていたので、トイレへ行くと言って、体操の列を離れ、そっと誰もいない教室へ足を向けた。教室へ入るといきなりクラスの者のノートや教科書などを引っ張り出して「汲み取り式トイレ」の便ツボの中へそのノートなどを放り込み、素知らぬ顔で体操の列に加わった。その後、クラス全員が教室へ戻ると室内の様子がいつもと違う事に気づいた子が大騒ぎをした。そうしているうちに、トイレの便ツボにノートや教科書等を放り込むのを見た人がいて、その仕業は誰かとすぐ知られてしまった。

今回の事で母がすぐ学校へ呼ばれ、オレがトイレにクラスの子らの私物を放り込んだのは精神的異常によるものと決定され、「このような異常者はこの学校で教育できないから他へ行ってほしい」と言われた。そして、四年前購入した土地に家を建てて、その地を去る事になったのだ。あの日は、思いつくままノートなどをトイレに放り込んだりして、今まで長いこと暴力をされてきた事への仕返しをした。それでもオレは、誰一人として相手を傷つけるような事はしなかった。それなのに、この地の子らは「昔から仲間でもない外の者に散々差別されてきた」と言っては、その仕返しとして何の抵抗もできないオレを四年間も頭の中が変になるまで、ボコボコにしてくれた。

本当に長く辛い毎日だった。今度、オレが引越しするところの近くには「平等院」という歴史的にも名高い建物がある。「平等とは人を偏って見ず、差別せず、すべての人が等しい事」と以前オレが京都の小学校へ行っていた時のクラス担任の山本先生から教わった事を今思い出している。今回引越する家から自転車で「平等院」には三十分くらいで行けるようなので、引越し後、必ず行こうと思う。

昭和四十七年三月二十四日　十四歳

お世話くださったすべての人に感謝　　記載　良子

明日いよいよ引越しだ！　長く苦しい四年間だった。今回の引越しの事はお世話になった人たちにはすでに伝えて、今までのお礼とお別れをすることができた。しかし、オレが通学途中体調を悪くして下車するはずの駅を通り越した時、トラックで学校へ送ってくださった新保さんにはまだ話せなかった。今日何がなんでも伝えようと思って、朝早く家を出て、新保さんが通る道に立って、待っていた。

三十分くらいは待っていたと思う。すると、あの大きなトラックが勢い良く近づいてくるのが見えた。オレは両手を大きく振って「新保さぁーん！」と叫ぶと、それに気づいた新保さんがすぐ車を止めてくださった。「今日は学校休みでしょう。どうしたんだい」と聞かれたので、明日、京都の方へ引越しすることを伝えて、今まで何度も車で学校へ送ってくださったことのお礼を言うことができた。新保さんもオレが暴力されて辛い学校生活を送っていることを知っていてくださったので、今回の引越しをとても喜んでくださった。

新保さんのトラックは、長距離を日中夜ほとんど休憩する事なく走り続けて運転するので常に三人ほど同乗していた。多分定期の輸送車だと思う。新保さんをはじめ、熊木さん、渡辺さん、小山さんには何度も良くしてくださって、本当に助かった。お別れして、走って行く大型トラックが見えなくなるまで、名残惜しんでオレはいつまでも見送った。いよいよ明日はまた京都の方へ引越しだ。嬉しい気持ちがある反面、いろいろな事が一度に思い出されて、すごく複雑な気分が込み上がってきた。

昭和四十七年四月八日　十四歳
学校へ行く振りして新京極へ　記載　良子

昨日、今回転校してきた中学校へ初めて行ってきた。その学校は一学年十クラスもある大きな学校なので、前の学校のように、また暴力をする子がいると嫌だなぁーとの不安が出て、身がちぢむ思いがした。そのような事を考えていたら、今度の学校にも行けなくなり、今朝、家を出ると、学校へ行くふりをしてそのまま市電に乗り、河原町へ向かった。久しぶりの新京極は、何もかも以前来た時と少しも変わっていなかった。今日は一日中楽しく過ごそうと思い、店を見ながら歩いていると一人の背の高い男の子が「淋しそうだね」と声をかけてきた。本当なら「背の高い子は怖い事をする」とのイメージがあるので、声をかけられるのも良子から話しかける事もできなかったのに、その時はなぜか少しも恐怖を感じなかった。賑やかなところを一人で歩いているうちをわけありの子と思って、声をかけてくれたのだそうだ。今日は土曜日で、学校は終わっている時間だ。学校帰りに商店街を歩いている子がいても何も不思議ではないのに。

しかし、「この子はわけのある子だな」と見てくれて嬉しかった。そこでなぜ一人でここへ来ているのかを話して、ずっと辛い気分から離れる事ができないでいることを長い時間聞いてくれた。その男の子は「中村正人」という。昨日十六歳になったばかりの子だった。皆から「マー君」と呼ばれていると聞いたので良子も「マー君」と呼ばせてもらうことにした。家はこの近くとのことなので、さっそく自宅へ案内してお母さんにうちを紹介してくれた。そして、うちがいつもお腹を空かせていることを話してくれた。すると、お母さんはさっそく食事を用意してくださった。今日初めて会ったばかりなのに、うちを心から優しく温かく迎えてくださってすごく嬉しかった。

昭和四十七年四月十五日　十四歳

「ギオン」のおばちゃんとの出会い　記載　良子

　久しぶりに新京極へ行きお店を覗き見して歩いていると、十メートルほど先からドレス姿のお姉さんが三人複雑な顔をして歩いてきた。「どうしたのかな」と良子が思っていると、三人が小声で話している会話が聞こえてきた。「ほんまに困った事やなぁ。どこかにピアノを弾きはる人おれへんやろうか」と言う話だったので、うちは思わず「お姉さん、今ピアノを弾く人を探している話を聞いたのですが、私ピアノが弾けるので、そのピアノを弾くお仕事を私にさせてください」と一生懸命お願いした。そのお姉さんたちはうちの声かけに立ち止まって「あら！　おじょうちゃん、こんなに離れているところでうちらの話よう聞こえはりましたなぁ。それにしても、あんたはん、えろう小さいのにピアノ弾きはりますんか」と言ったので「はい、ショパンでもベートーベンでもすぐに弾けます」と自分を宣伝した。

「それはすごい事やなぁ。でも、うちらのところではそのような難しい曲はいりませんのや。歌謡曲を弾いてもろうたら、それでええんや。今まで弾いてくれはった人が二人とも急に亡くなりましてなぁ。それで困ってましたのよ。今お嬢ちゃんからお声があったさかい、すぐお店へお出なさいな。お嬢ちゃんのピアノを聴かせてもらいたいさかいな」と言ってくれたので、さっそくお姉さん方のお店へ行く事にした。

鴨川に架かる四条大橋を渡り、右に「南座」の建物を見て、しばらく行くと「ギオン」(仮名)との看板のある店に着いた。「ここや」と手招きするお姉さんに案内されて、店内に入った。すると真っ白なグランドピアノが目に入り、なんともすてきな感じのするお店ですっかり圧倒されそうになった。奥からすてきなおばちゃんが来てくださった。そして「お嬢ちゃん、ピアノを弾きはるそうやね。今何か曲、弾いてくれはりますか？」と言われたので、うちの好きな曲を次々と弾いたら「どんな曲でもすぐ弾きはるやなぁ。お嬢ちゃんの事、気に入りましたさかい今日からピアノを弾いてくれはりますやろうか？」と言ってくれた。「はい」と返事をすると、その場でピアノの仕事ができるようにしてくれた。

うちは今日から腹ペコからサヨウナラできると思い、とても嬉しくなった。

「お嬢ちゃんの事は今日から『良子ちゃん』と呼びますさかい、良子ちゃんはうちの事は『おばちゃん』と呼んでおくれやす。それから、あんたはんは未成年やし、ピアノのお手伝いは午後五時までの日中だけとして置きますさかい、お姉さん方もそこんところよろしゅうお願いします。日中は喫茶店だけの営業やし、アルコールはないさかい心配あらしませんけど、良子ちゃんは基本的にはアルコールはなし、という事は充分承知しとくれやす」と言ってくれた。

おばちゃんはうちがピアノを弾く時用にと素敵なドレスを出してくれた。

でも、体の小さなうちにはどれも大きすぎたので、すぐに体に合うように直してくれた。今までドレスなど着る事がなかったので着せてもらっているうちに気持ちがすっかり舞い上がってしまった。おばちゃんはドレスを着終わったうちの背中に残っている火傷の跡などを見て「こんなに仰山な傷はどないしはったんや」と驚いて聞いてくれた。今までの事を話すと「良子ちゃんはほんまに辛い事を一人でよう頑張りましたなぁ。今日ここへ来はったのも御縁あっての事やさかい、これからは来られる間はできるだけここに来やはるとよろしいわ」と嬉しい事を言ってくださった。明日は良子の誕生日だけれど、今日からはこのお店で働かせてもらえるなんて、今までにないほどに最高の誕生日プレゼントになった。

生活費を完全に間違った事に使ってしまった両親によって極端に食事の量を節約されたために、成長がいちじるしく損なわれたうちは、それでも「ギオン」のお店でアルバイトをするようになり、親を頼らなくても食事を今日からは自由に取る事ができるので、この年齢（十五歳）になってやっと、毎日が飢える事なく、過ごせるようになった。その「ギオン」のお店にはほとんど毎日プロの歌手が来て、お店のステージで歌ってくださるので、その時うちがピアノで伴奏するのだ。

アルバイト初日に来てくださった歌手は昨年（昭和四十六年）の大晦日に盛り上がったレコード大賞で一番の大賞を受けた「尾崎紀世彦さん」だった。今日は何の予定もないまま、急にお手伝いするようになったので、尾崎紀世彦さんの伴奏する事を聞かされた時は、すっかり興奮してしまった。おばちゃんが「今日からピアノ演奏をしてくれはる良子ちゃんどす。よろしゅうお頼みします」と尾崎さんに紹介してくれた。そこでうちも「今日からここでお世話になります良子です。よろしくお願いします」と挨拶して、すぐ尾崎のお兄さんの持ち歌「また逢う日まで」を楽譜なしでイントロから、心を込めて演奏した。演奏が終わると「良子ちゃんだったね。すごく感情が込もっている弾き方だったよ。良子ちゃんはこの歌の意味を理解して弾いているのかい？」と聞いてくれたが、そのような難しい事を考えて弾いたことはなかった。「いいえ、楽譜をその場で瞬間、瞬間見て、このように弾いたらいいだろうなと判断して弾いているだけです」と説明すると、「ママさん、この子の音楽の才能はすごいね。いい子が来てくれて良かったね」とおばちゃんに言っていた。

ほんのつい先日までの、辛い事を考えると今こんなに素敵なところでプロの歌い手さんから最高の言葉で認めていただいた。この急な変化に「これが夢だったら嫌だなぁ」と思って「おばちゃん、まるで夢みたいな事ばかりなので一度うちのほっぺをつねってみてください」とお願いすると、「良子ちゃんはよほど嬉しいんやね。ここへ来てはるのはほんまの事や。夢なんかであらしまへん。良子ちゃんがほっぺをつねってと言わはりましても、その愛らしいほっぺ、ようつねったりできしませんわ」と優しくほっぺをさすってくだったので嬉しさのあまり「本当に夢ではないのだ！」とすっかりはしゃいでしまった。以前からうちはどうやら耳の聞こえが大分いいようだとは思っていたけれど、その耳の聞こえの良さによって長いことうちを苦しめてきた腹ペコからサヨウナラできたと思うと、すごく嬉しかった。

昭和四十七年四月二十七日　十五歳

夢のような日々の幕開けとはこんな風なのかしら　記載　良子

学校の授業は午前中で終わる土曜日や休日はいつも「ギオン」のお店でアルバイトをさせてもらっている。そのお店のおばちゃんもお姉さん方もこのうちにすごく優しくしてくださるので、嬉しさのあまり自然と笑顔になる毎日だ。このような事はわずか一カ月前は全く考えられない事だ。お姉さん方を見ると、着物の人もいれば、ドレスの人もいて、どの人も美しい身なりに着飾っていて、まるでお花畑を思わせてくれるくらいに素敵なところで働ける幸せを毎日噛みしめている。お店に入ると、うちもお化粧をしてドレス姿に変えてもらうけれど、初めてキレイにお化粧をしてもらい、その姿を鏡の中で見た時、恥ずかしいような嬉しいようなそれでいて、今まで体験した事のない幸せな気持ちになった。

ところで、このお店で働いている人たちはなぜかおばちゃんを「ママさん」とか「お母さん」とか呼んでいるので、「ここへ来ているお姉さんは皆、おばちゃんを『ママさん』とか『お母さん』とか呼んでいるけれど、お姉さん方は皆、おばちゃんの子どもさんですか」と聞いてみた。すると、それを聞いたおばちゃんが笑いながら「良子ちゃんはかわいい事言わはるんやね。ここではおばちゃんをそのように呼んでくれはる事になってますんや」とニコニコ笑顔で教えてくださった。「わぁ、そうなんですかぁ。それなら、うちも今から『お母さん』と言ったほうがいいですか」と聞いてみた。すると、「良子ちゃんは今まで通り『おばちゃん』でええわ」と言ってくださったので、そうする事にした。

今までは良子が何かにつけて口を開くと「そんなバカな事聞くな」「そんな事も分からないのか」と激しく言われて来ただけに、ここではうちに嫌なことを一言も言わないで、どんな事も優しく教えてくださるので安心だ。あまりにも嬉しくて時々調子に乗りすぎて、はしゃいでしまう事もあるけれど、ここではそれも良い方に受け止めてくださった。「良子ちゃんの元気な笑顔を見ると、こちらも明るい気分になれるわ」と言ってくれるので、嬉しくなってしまう。そんなうちだけれど、ピアノを弾き出すと、別人のようにきりっとした目つきに変わるらしくて時々、「良子ちゃんは普段見ている良子ちゃんとピアノを弾いている時の良子ちゃんとは別人のように変わるけれど、どちらが本当の良子ちゃんかなぁ」と言っていた人がいた。自分ではそのような事を今まで考えていたことなかった。「両方とも、最高に嬉しい時に出るみたいなので両方とも本当のうちの姿だと思います」と心から言った。

昭和四十七年四月三十日　十五歳
タンバリンのおばちゃんとの再会　記載　良子

ピアノのアルバイトへ行くため、新京極あたりを四条大橋方面に向かって歩いていると、四条通りを挟んだ向かい側のデパート近くから「良子ちゃん！」と大きな声で叫ぶ声があった。その声はどこかで聞いた事のある懐かしい声なので立ち止まって、その声の方を見て驚いた。うちを呼んでいる人の右手には見たことのあるタンバリンがあった。それを見たうちはそのおばちゃんが誰かすぐ思い出した。「わぁ、タンバリンのおばちゃんだ！　なんでここにいるの」と大声で叫びながら、そのまま車が激しく行き交う大通りをおばちゃんを目がけて、一気に駆け抜けた。

勢いよく走る車の前を、脇目もふらずに通り抜けた良子に気づいた数台の車がすぐ止まってくれたので、何事もなくタンバリンのおばちゃんの元へ行くことができた。無事に走り寄る良子をしっかり抱きしめて、そのおばちゃんは全身で喜んでくださった。周囲を全く見ずに、大通りを駆け抜けて多くの車に迷惑をかけたことに気づいたうちは車の方に頭を下げて、お詫びをした。すると、とにかく何事もなく無事だったのを見て、「危ないから、気をつけてや」と言い残して、車はその場を走り去ってくれた。その後、改めておばちゃんとの再会を喜んだ。

そして、つい先月うちとお別れしたばかりの、おばちゃんも京都へ転勤して来たことを話してくださった。「先に京都へ来ている良子ちゃんにまた会えますように毎日お祈りしていたのよ。こんなに早く会えて良かったわ」と心から再会を喜んでくださった。そして「良子ちゃんとはお別れして、わずか一カ月の間にすっかりふっくらとしたように見えるけれど、何か良いことでもあったの」と聞いてくださった。「向こうでお別れする時、うちが京都へ行っても食べ物に困ることがないようにお祈りしてくれたでしょう。それで、二週間くらい前からこの近くのお店でピアノを弾くアルバイトをしているの。だから、今はお腹を空かせる事はないよ」と話して、今まであった一つ一つの出来事を伝えた。するど、おばちゃんはすごく喜んでくださった。

以前にうちが毎週ピアノの帰りのバスを待っている間、うちに親切してくださった優しいタンバリンのおばちゃんとまたこのように京都で会えたなんて本当に不思議だ。そこで思わず「おばちゃんは本当にタンバリンのおばちゃんだよね」と聞いてしまった。「そうよ。毎週日曜日、駅の近くで良子ちゃんに神様のお話をしていたおばちゃんよ」と、あの時と同じく優しい笑顔で答えてくださった。この時、うちはおばちゃんがいつも教えてくださった神様が今うちにすごいことをしてくださったと思えて、その事をおばちゃんに話したら「良子ちゃんはとても良い事に気づいたのね。おばちゃんも良子ちゃんと同じ事を考えていたのよ」と言っていた。うちはもっとおばちゃんとたくさんお話をしたかったけれども、今からピアノのアルバイトがあることを話して今日はそれでお別れをしてきた。

今、新京極の近くであったすごくビックリする出来事を話そうと思いながら、お店のドアを開けた。すると、うちがすごく興奮した様子だったので、何か良い事があったとお店の人たちにすぐ分かったようだ。「良子ちゃん、たいそう嬉しそうやなぁ。何かええ事あったんやね」と聞かれたので、こちらの方がかえってビックリした。そこでタンバリンのおばちゃんとの不思議な出会いを話した。「それは嬉しい事やなぁ。良子ちゃんがこのように心からの笑顔でいるとうちらもほんまに嬉しゅうなるわ」と喜んでくださった。

その日、お店に来てくださった歌い手さんにうちが会うのは初めてなので控え室から出てこられた時、おばちゃんが「今度ここでピアノ伴奏をしてくれはる良子ちゃんどす。よろしゅうお願いします」と紹介してくださった。少し前、いい事があったばかりだった良子はまだ気分が高まっていたので、いつもの跳ね返りが爆発してしまい、「アッ、『太陽に吠えろ』のお兄さんだ！」と大声で叫んだ。「あのドラマを見てくれているのだね」「ハイ、見ています。今からその『太陽に吠えろ』のテーマソングを弾きます」とイントロから弾くと、すごく喜んでくださった。その日はもちろんステージで歌う裕次郎さんの伴奏ができて嬉しかった。石原裕次郎さんと初めて会った日は、タンバリンのおばちゃんと不思議な再会があった日だったので絶対忘れる事はないと思う。

また、そのお店のおばちゃんからタンバリンのおばちゃんは世の中で困っている人々に奉仕をする「救世軍」の人と教わった。うちは今まで自分の事で精一杯だったのでタンバリンのおばちゃんがそのような大切な働きをしていたとは知らなかった。世の中で困っている人々に奉仕する仕事をしているからこそ、このうちの事も心にかけてくださったのだと気づいた。

―救世軍―

イギリスに国際本部があるプロテスタントの教会、創立者はメソジスト教会牧師だった、ウィリアム・ブース。一八六五年、東ロンドンのスラム街で伝道を始め、飢えている人には食べ物を、家のない人には宿泊場所を、仕事のない人には働き場をと物心両面からの救護を目指す。日本では一八九五年（明治二十八年）に活動が始まる。日本での創設者、山室軍平は様々な社会問題に取り組み、明治から昭和初期の社会福祉に名を残した。

救世軍発行公報「ときの声」より

昭和四十七年五月三日　十五歳

お茶屋さんでのおもてなしに心癒される　記載　良子

今日、五月三日は「憲法記念日」なので学校は休みだ。早めに家を出てアルバイト先の店へ急いだ。今日は歌い手さんは来られなかったが、有名な俳優さんがお客さんと聞いた。その俳優さんは映画の撮影のため、京都には良く来られるようだ。俳優さんがお店に来られるとおばちゃんが良子を紹介してくれた、その俳優さんの名前は聞いたはずなのにすっかり気分が高ぶっていたので、俳優さんの名前が頭に入っていなかったのは本当に残念な事をしたと思う。でも､下の名前は「ケンさん」と覚えているので今は「ケンお兄ちゃん」と呼ぶ事にした。おばちゃんはケンお兄ちゃんに「良子ちゃんはどんな曲でもすぐ弾きはるので何でもリクエストしておくれやす」と言われたので、ケンお兄ちゃんは出演映画の主題歌をリクエストしてピアノに合わせて素敵な声で歌ってくださった。一曲終わったところでおばちゃんはうちがつい最近まで酷い事をされて来たので心も体もすっかり傷ついている事を話してくださった。その話を聞いて「こんなに小さな体で良く耐えて来たね。良子ちゃんがピアノを弾く時、曲の感情をしっかりとらえて弾けるのは今までの苦しかったことや辛さをバネにしているからだろうね」と言ってくださった。

しばらくして、ケンお兄ちゃんがお茶屋さんに行くため、予約した車が店の前に来た。すると、お兄ちゃんはおばちゃんと何やら話し合ってから、これから行くお茶屋さんにうちも誘ってくださる事になった。そして、お迎えの車に一緒に乗せていただいてお茶屋さんへ向かった。お茶屋さんと聞いて初めはてっきりコーヒーなどを飲む喫茶店を想像していたが、車が止まったところは大きなお屋敷のような建物の前だったのでビックリした。初めて見るお茶屋さんは良子が考えていたような「コーヒー」屋さんとはまるで違っていた。建物全体は黒みを帯びた壁に包まれていて、壁の所々には重みのある独特な赤に近い感じがする壁が交じっていた。ここは誰もが気軽に入れるところとは違うな、と何も知らない自分でも分かるほど、特別なお店のように思えた。

それでもケンお兄ちゃんが一緒なので安心して中に入る事ができた。門柱に吊られた大きなのれんを抜けて奥へ行くと和服姿のお姉さん方がお出迎えしてくれた。中は隅々まで美しく磨かれた黒光りのする廊下とずっしりとした赤味がかかった壁とが奥までも続いているのだ。あまりにも美しい廊下に圧倒されて、うちは体がすっかり緊張して身動きができなくなってしまった。そのようなうちを見たケンお兄ちゃんはその緊張を和らげようとしてその場で両腕を高く上げて腕をブラブラさせながら「良子ちゃんもこの動きをしてごらん。体が楽になるよ」と教えてくれた。体が元に戻らないで困っていたので今教わった動作が楽しく思えて、さっそく両手をブラブラと振ってみると体中の力が抜けたのが分かった。「体が楽になったようだね。それでは上にあがろうか」と言って、長い廊下を奥へ案内してくれた。

その後、お料理を注文するが何が良いか聞いてくださったのでうちは大好物にしている鍋焼きうどんをお願いした。ご馳走になったおうどんは今まで家ではまったく食べさせてもらった事のない大きな伊勢エビが三本も入っていた。そこへ、舞子さんが三人と三味線などの鳴物を持ったお姉さん方が来られて、美しい舞を披露してくださった。お茶屋さんには二時間ほどいただろうと思う。このお茶屋さんでのおもてなしは本当に心癒されるひと時だった。初めて体験する緊張は少しあったけれども、ゆったりする時間を過ごせた思いがして本当に幸せを感じた。うちが一カ月ほど前からお世話になっているところは今まで見た事も想像する事すら全く有り得ないところだけにここでの日々は嬉しい興奮ばかり続くので反対にこれが壊れないようにと思っている。

昭和四十七年五月五日　十五歳

憧れの歌い手さんの伴奏ができる幸せ　記載　良子

毎日のようにテレビの歌番組で見ている憧れの「美空ひばりさん」が今日「ギオン」のお店に来てくださった。うちが初めて美空ひばりさんの歌に合わせてピアノ伴奏をした記念の日だ。つい最近までは空想の世界でこのように大スターの歌に合わせてピアノ伴奏をする姿を一人で思い描いてきた。その時、心の中で描いていたうちはもちろん暴力などとは全く縁のない明るく活発で生き生きしている子なのだ。その上、何事にも前向きで自信一杯でピアノの前に座っている。かの学校での極度の暴力で大怪我をさせられて眠れない夜はずっとこんな事を頭に置いて、激しい痛みに耐えてきた。それもわずか一カ月ほど前のことだったのに。今はこうして憧れの歌い手さんの歌に合わせて伴奏をさせてもらえる幸せにすごく興奮した。お店に入るとひばりさんはすでに来ておられた。「いつもテレビで見ています」と言って挨拶すると「良子ちゃんね、良子ちゃんの事はママさんから聞いたわ。今日はピアノの伴奏をよろしくね」と言いながらうちを優しく抱きしめてくれた。「良子ちゃんは今まで大変な事ばかりあったそうね。私も十一年昔、顔に大きな火傷をさせられた事があったのよ。でも、良子ちゃんはこんなに小さな体で良く耐えたわね。これからは良子ちゃんが幸せを感じられるように、私もお手伝いさせてね」と言ってくださった。

おばちゃんのお話によるとうちが生まれる三カ月前、一九五七（昭和三十二）年一月十三日、東京のコンサートが終わって、会場を出てくるひばりお姉さんを待っていた女の子が強い臭いのする液体をいきなりお姉さんにふりかけ、顔に火傷を負わせてしまった、との事件があったそうだ。その女の子は当時、お姉さんと同年齢の十八歳で遠い地方から働くため、都会へ出てきたが、苦労ばかりの連日で生活は少しも良くならない自分といつも華やかなスターでいるひばりさんとの間に大きな差を感じてそのような事件を引き起こしてしまった。その女の子も今はもうすっかり大人になっている頃だ。「幸せになっているといいのにね」と皆同じ思いで話し合った。

昭和四十七年七月八日　十五歳
母には絶対に打ち明けられない出来事　記載　良子

先日「ギオン」のお店で働いているお姉さんから良子の最近の様子を見て、今までとは違う事を感じたらしく「今度近くの病院で検査してもらうとええわ」と勧めてくれたが、その時はそれほど気にしていなかったので、そのままにしていた。ところが昨日、学校の保健室の先生からも同じ事を言われたので急に気になりだして、今日の放課後一度家にカバンを置いて、自転車で近くの大きな病院へ行ってきた。検査が終わって診察室へ呼ばれて中へ入ると担当の先生が「検査の結果四カ月に近い三カ月と分かったので、明日手術をしましょう。明日来る時は今日のように自転車ではなくて必ずバス等に乗って来るのですよ」と言われたので大きな不安を感じた。

このような大きな事を十五歳になって三カ月ばかりの子が一人で解決するのは大変なので母に助けてもらいたかったが、毎日自分の事しか考えない母に助けを求めるのは大変難しいとその事を先生に話した。母は日頃から世間の目ばかり気にして口癖のように「恥ずかしい事、みっともない事は絶対にするな、金のかかることもするな」と言い続けているので、今回の事は絶対母には話せる事ではない。初めは先生も「お母さんに今回の事はきっちり話して明日は一緒に来てもらうといいですよ」と勧めてくれたが、母の事情を話して「明日一人で来ます」と言って帰った。

昭和四十七年七月二十二日　十五歳

心温まる先生に助けられて　記載　良子

今までずっと「よそ者」として痛ましく悲惨な虐待をする事に異常なまでも熱中し続けた六人の男の子は、うちに対してあってはならない最悪な事も心痛む事なく進めてしまった。当時は恐怖と恥ずかしさで誰にも打ち明けられず、ずっと一人で悩み苦しみながら日常を送ってきた。しかし、その卑劣な行為は数カ月の後、さらなる不幸につながってしまった。そして症状をこれ以上悪化させないようにと処置してくださったのが、その病院の先生だった。その先生は右肩についたアイロンの火傷の跡も治療してくださった。すべての治療が終わって麻酔が切れてから、うちは予定外の右肩下の治療費も払わなくてはと思ってその事を先生に話すと「小さな体で大変だったね。治療費は初め予定していた以外は何も心配しなくてもいいですよ。それよりも傷が治るまで消毒が必要だから、しばらくはここへ来るのですよ」と言ってくださった。

今回の治療の事は母には話せなかったので必要な費用は後日返すつもりでやむを得ず母の財布から借りる事にした。それと同時に心のどこかで母がうちを助けてくれる事を期待したかったのだ。それこそ、子どもとして親への甘えが残っていたからだ。治療が終わって帰宅したうちを見た母はいきなり「財布の中身が足りないけれど、持ち出したな」と大声でうちを厳しく責めた。その勢いに押されて母の財布から金を持ち出した理由を一生懸命話した。すると母は「財布から持ち出した理由などどうでもいい。そんな間違いがあったのはお前にスキがあったからだ！」と一方的に責め立てて何のためらいもなく力任せにうちの顔を何度も平手打ちをしてきた。うちは、それでもなお今回のいきさつを話し続けた。「こんなドロボーをしてくれて一体どうするんだ。持ち出した金は働いて全部返せ！」とわめくように怒鳴り続けた。本当は母から「そんな辛い事があったのかい。かわいそうだったね」と言ってほしかったが、その逆だったのですっかり失望した。そして自分の部屋へ入り床についた。

その二日後、母が買い物に出た時、先日近くのクリニックから処方されていた睡眠薬を一度に全部飲み、母に遺書を書いてテーブルの上に置いた。その後、風呂場へ行きガス栓を全開にした。ガスは勢い良く吹き出して風呂場一杯に広がった。それを買い物から帰宅した母によって発見され病院へ運ばれたうちは三日後意識を取り戻した。その様子を見た母はなんと「なんでこんなに恥ずかしい事、みっともない事をしたんだ」と院内中に聞こえるほどの大声を張り上げて、うちを怒鳴り続けた。その声があまりにも激しかったので担当の先生が母に近づいて、その怒りを止めに来られたくらいだった。回診の時、うちの様子を見に来てくださった先生を見て「アッ」と叫んだ。その時病室へ来られた先生は四、五日前にうちを大変親切に治療してくださった先生だったからだ。今、うちが入院しているところはあの日お世話になった先生の病院と分かった。「やあ、気がついてよかったね」と心から喜んでくださった。母はちょうど自宅へ帰っていたのでうちが今回なぜこのような事になったのかを先生に話した。先生はその話を一時間以上もじっくり聞いてくださったので、心の中のもやもやした思いはすっかり消えて、その夜はぐっすり眠る事ができた。

全快までは一カ月の入院が必要なのに、家計が苦しいと母が退院を申し出たので、入院して十一日後に家での療養となった。今日、退院するのでその準備をしているところへ、先生が病室へ来てくださり、退院後も時々ここへ来るように言ってくださった。

昭和四十七年十月十二日　十五歳

何でも自分に都合よく話を替える母　　記載　良子

今回引越ししてきた所の中学校へ転校してもう六カ月にもなるので、新しい学校にもそろそろ慣れても良い頃なのだが、実際はそのようには行かず困っている。背の高い子らからの虐待が長く続いたうちは、学校が替わっても背が大きい子を見ると、自動的に激しい恐怖心から体の身動きが効かなくなるのだ。これはもう理屈ではどうしようもなく全く理解困難な事らしくて、誰に話しても分かってもらえず困っている。うちが学校へ行けない理由を聞いた担任の先生は「この学校には暴力をする子は一人もいないよ。それどころか三年生は来年の高校受験の準備に追われているので悪い事を考えている子は一人もいないので安心して学校へ来なさい」と家まで来てくれて、うちが学校に来れるように一生懸命話してくれた。

それでも彼の地での恐怖が取れなくて困っている。だから、いくら学校へ行く事の大切さを話されても何の解決にもならない。そんなことに手を焼いた母が「学校へ行きたがらない娘がなんとか中学校だけでも卒業できるようにさせたい」と担任の先生に相談しに行った。すると、ある相談所が紹介されて、母は、すぐそこへ何やら相談しに行って来たようだ。うちはもともと学校が嫌いな子ではないのに、父の仕事の関係で転校した学校の六人の男の子らからわけの分からない事をされ、今ではすっかり学校へ行けない子になってしまった。父も母もその事は充分分かっていたはずなのに、その事は全く無視して、母は何事も自分に都合のいいように話をつくり替えるので、これからの事を考えると不安で、不安でたまらない。

こんなに不安ばかりのままで時間ばかりが過ぎて、うちはこんな状態で大人になるのがすごく恐ろしく思えてならない。しかし、自分でも分かっている事がある。今、自分はすでに心が壊されているので一人前に生きて行くのは難しいだろうなぁという事だ。それにしても、母が相談所で何を話して来たのか気になって落ち着かなくて困っている。悪い事が起きなければ良いのだが……。

昭和四十七年十一月十二日　十五歳

初めて触れた電気オルガンに心奪われ　記載　良子

京都駅の近くにあるデパート内を見ていたら、どこからか電気オルガンの演奏が聴こえてきた。音楽に興味のある良子はその演奏をしている会場を探してそちらへ急いだ。すると、綺麗なお姉さんが演奏しているコーナーに行き着いた。すでに多くの人がオルガンの周りを囲んでいたので、できるだけ近くで聴こうと前の方へ行き、その演奏を聴く事ができた。オルガン本体についている数々のスイッチの中からいくつかのスイッチを押して音を作り演奏するのだ。あまりにも素敵な演奏だったので、すっかり聴き入ってしまった。ひと通り演奏が終わって、次の演奏が始まるまでの間、店内を見てまわり、演奏が始まる少し前にオルガンに近いところでその時を待った。

やがて時間になって先のようにスイッチを動かすお姉さんの手元をしっかり見て、オルガンについている多くのスイッチのうちから今演奏する曲に必要な音を出すためのスイッチをすべてメモした。そして、先ほどと同じ素敵な曲が店内一杯に広がり、その曲に惹かれるように次々と人が集まる気配を感じながらも、うちは素敵なオルガン曲にすっかり心惹きつけられて、流れるメロディーを一つも聴き漏らすまいと一生懸命メモした。

その時の演奏が終了して、お姉さんがオルガンから離れるのを見計らって「私に少しオルガンを触らせてください」とお願いして初めて電気オルガンにミスティ（ジャズ）　―聴音 良子―

良子が独自に考えた音符記述法

チャンスを得た。演奏前にメモをさせてもらったスイッチの紙を見ながら操作できるようにしてから、書き写した曲を弾かせてもらった。オルガンのスイッチ操作も曲もしっかり合っていると、オルガン奏者のお姉さんに言ってもらえて、すごく嬉しかった。その後、良子は楽譜コーナーへ案内してもらって、先ほどの曲が載っている楽譜を紹介してもらって一冊買ってきた。うちが初めて電気オルガンで弾かせてもらった曲は「ミスティ」という題名で最近外国から入ってきた「洋楽」の一つだった。先ほどの「ミスティ」が入っている楽譜には「マラゲニャ」「ある恋の物語」「雨にぬれても」などの心惹かれる曲がたくさんあった。その素敵な曲はうちが一番辛い思いをしていた頃には、すでに日本中で聴かれていたとは今まで全く知らなかった。

今思うと彼の地での商店街で、多分、洋楽は流れていたのかもしれない。でも、その頃うちには、それを聴く余裕など全くなかった。「ギオン」のお店に着くと、真新しい楽譜を取り出してピアノで弾いてみた。一曲弾いた時、奥からおばちゃんが来て、「この曲は今流行っている洋楽やね。良子ちゃんは洋楽も弾きはるんやね。そやったらこのお店でも洋楽を弾きなはれ」とすごく嬉しいことを言ってくださった。

今日、デパートの楽器コーナーで聞いた洋楽のメロディーをそのままメモしたが、その方法をうちが覚えたのは十一歳の時だ。当時は正式な音符を五線譜に書き表す方法は分からないので、良子だけが理解できる方法で耳から入って来る曲を書き取っていた。そのやり方が今日初めて役立てて本当に良かった。そこで、うちが電気オルガンで初めて聴いた「ミスティ」は一九四頁のように書き表した。

昭和四十七年十二月三日　十五歳

悩み事を何も聞いてくれない相談所　記載　良子

十一月十六日にうちは母に連れられて相談所へ来た。そして今後うちが学校へ行けるようになるための方法を考える、と言われてそこへ十五日間も入所させられた。入所前ここは相談所と聞いたので、てっきり自分が何かしら相談できるだろうと思っていたら、十五日間の中で、相談できた時間は全くなかった。今回入所したところは、問題を起こす子どもの事で悩んでいる親が相談するところと聞いた母が、登校したがらない良子の事で相談しに来たそうだ。入所後は毎日心理テストや脳波を取り、小学低学年程度の算数のテストも出された。自分の希望としては学校へ行けなくなった理由を聞く時間を作ってほしかったのに、なぜかその願いは取り入れてもらえなかった。

今年どこかの大学を卒業したばかりのスタッフが「良子ちゃんのお母さんはなんとかして良子ちゃんが学校へ行けるようにここへ相談に来たんだよ。あんなに優しくていいお母さんに心配させてはいけないよ。子どもが学校へ行く事は義務なので、良子ちゃんがその義務を守る子であってほしいと一生懸命になっているんだよ。そのお母さんを大切にしなさいよ」とこちらの事情はすべて知っている上で最も良い助言をしているつもりのようだ。本当は、そのスタッフにすぐにでも言いたい事があったけれど、その時は何も話さなかった。その日の午後、家へ帰って来たが、なぜか明日、十二月四日からは別の施設へ入って、その施設の中にある中学校へ行くことになった。

今日、母が買い物に出た時をねらってすぐマー君の家へ行って来た。ご両親はちょうどお留守だったけれど、マー君には会えて良かった。そして、明日から他の施設に入って、義務教育卒業までの三カ月間そこの施設の中学校へ行く事になったと話す事ができた。しばらくした後、外出から帰って来たご両親に挨拶してから、すぐに「ギオン」のお店に行き、四月初め頃までお店はお休みする事情を話した。すると、おばちゃんは「良子ちゃんは何か悪い事をしたわけではあらしまへんし帰って来はったら、またお店に来とくなはれ」と言ってくださった。そして、「良子ちゃんが来てくれてはるのを皆首を長ごうして待っとるわ。お客さんかて良子ちゃんのピアノを聴けるのを楽しみにしてはる人が仰山おられるさかい頼みますえ。今日も少し弾いて行きなはれ」と嬉しい事を言ってくださったので、久しぶりにお手伝いをさせてもらった。

お店を出ての帰り、しばらく歩いていたら大通りを走る車の音に混ざってタンバリンの音が聞こえて来た。「あっ、今日はタンバリンのおばちゃんが神様のお話をする日だ」と思い出して、その音を目指して急いだ。おばちゃんも良子に気づき「あらぁ！　良子ちゃん、いらっしゃい」と迎えてくださった。でも、明日から来年の四月まで他の施設へ行く事になったことを話したら、「春が来ない年は一度もないのと同じで、今は辛いでしょうが良子ちゃんにも必ず春が来る事を覚えていてね」と言って、うちのために祈ってくださった。おばちゃんが京都にいてくださること自体すごく不思議だけれど、おばちゃんに会うとどのような時でも元気な気分が沸き上がってくるのも本当に不思議だ。

昭和四十七年十二月十二日　十五歳

その施設に入所した子は人の道を外さなくなるって本当？　記載　良子

新しい施設へ入所させられて今日で八日が過ぎた。ここへ来る子は色々な問題を起こしたため、それを直して人の道を外さないまともな社会人になれるように指導する所と聞かされた。他の子はどんな事情から問題のある子としてこの施設へ来たのか分からないが、うちは前の小学校と中学校で連日ひどい暴力があったのに何の解決もしてくれなかったため、とうとう学校が怖くなってしまい転校して来た学校へも行けなくて、心が病気のようになっているのだから、本当はこんなところへ入所させるのではなくて、心をしっかりと治療しないともっと悪くなるのではないかと思われてならない。それなのに大人は「義務教育の『義務』は子どもが守る法律だ」と言い続けて恐怖一杯になっているうちを困らせている。そして「学校へ行かない子は人の道を外し続けるのをやめるよう、この施設へ行ってまともな社会人になる訓練をして来なさい」と言われて、無理矢理ここへ入れられてしまった。

ついこの間、アルバイトをしていたお店に日本の法律に詳しいお客さんが来られた時、うちが義務教育の正しい意味を完全に間違って解釈している周囲の大人によって苦労している事を知り、その人がこのような事を良子に教えてくださった。それは「良子ちゃんがもう少し大きくなったら『日本国憲法』という法律書の「教育基本法」の箇所を読んでごらん。そこには『義務教育の義務は誰が守る法律なのか』が書いてあるよ」と教えてくださった。もちろん、それは子どもが守らなければならない法律ではない事も教えてくださった。うちは大人になったらその「日本国憲法」を必ず読もうと思っている。

昭和四十八年一月十三日　十五歳

大型洗濯機に放り込まれて回転させられる　記載　良子

今、入所している施設の女子寮は毎週土曜の午後数台の大型洗濯機で全員が個人で一週間分の衣類を順番に洗う事になっている。今日の土曜日もいつものように洗い物をすませたうちが部屋へ戻ろうとすると、寮の女子数人に呼び止められた。声の方を振り向くと良子はまだ水と洗剤が入っている大型の洗濯機の中へ服のまま放り込まれ「弱」のスイッチを入れられ、その洗濯機を回転させられた。洗濯機はすぐ止められたが回転した時はこれで死ぬのかと一瞬思ったほど怖かった。雪が降る中、水に放り込まれてその冷たさと恐怖とでしばらく何も分からなくなってしまった。ここへ来る子は皆、様々な事情で心が壊れている子ばかりなので、自分より弱そうな子には普段の不満のはけ口として、このような悪さを絶えずしているみたいだ。

うちは今まで長い事殺人未遂事件として取り上げられてもいいくらいの事をされて来たので、学校へ行けなくなっているのに、大人はそれでも無理に学校へ行かせようとしているのはなぜなのだろう。本当は心の傷を治すことが先なのに、それに気づいてくれる大人がいないのはなぜなのだろう。うちが周りにいる大人にやってほしかった事はうちが抱えている問題を一方的に力づくで解決しようとせず本人の話を良く聞いてほしかった、という事だった。今ここで何度も聞かされている事は「これが良子ちゃんの将来のためには一番大事なのだよ」とか「義務教育の義務は子どもが守らなくてはならない法律だよ」と一生懸命に言っているけれど、なんでこのような答えが出てしまったのだろうかと考えてしまう。

昭和四十八年一月十五日　十五歳

雪穴に埋められる　記載　良子

今日は成人の日なので学校も寮内の作業も休みだ。朝からの雪ですごく寒い一日だった。休日は普段よりも職員が少ないのでこのような日は悪い事が起きやすい。それは何か事件が起きても職員に知れる事は少なくてすむからだ。今日の午後、うちに用事があると女子数人に呼ばれて裏庭へ行った。その場へ行くと、大きく掘られた雪穴があった。何のために掘られたのだろうと思っているといきなり後から体を押されて、その穴に落とされて首だけ出された状態で全身雪に埋められてしまった。

夕食の時、うちがいない事に気づいた職員が寮内を探し回って、やっと雪穴に埋められたうちを発見してくれた。五時間も埋められて、全身すっかり冷え切って震えが止まらないのに、その職員は「誰に埋められたのだ」と犯人探しをするので、「仕返しが怖いから言えません」と言うと「こんなに悪い事をする者をかばうのか！」と被害者のうちが怒られてしまった。本当なら「被害者なのになぜ被害者のうちが怒られなくてはならないのですか」と言いたかったけれど、そのような事を言うと今度はその職員にまで殴られそうに思えたので黙っていた。

昭和四十八年三月二十四日　十五歳

義務教育終了に歓喜する　記載　良子

午前中に施設の中にある中学校で卒業式があった。これでやっと苦しかった「義務教育」からとうとうサヨナラができた。心の中で「やったぞ！」と大きな声で叫んだ。午後からは広い部屋でお別れ会をした。うちは前もって音楽の先生からお別れ会でピアノを弾くように頼まれていたので「乙女の祈り」など三曲を力一杯弾いた。昨日まで散々ひどい事をしてくれた子らも全員が大きな拍手をしてくれたので今日はスター気分になれてよかった。

夕食後、自分の部屋へ行って「義務教育終了カレンダー」のノートを出して「義務教育終了までゼロ日」と記されてある箇所を鉛筆で黒くぬりつぶした。このカレンダーを作ったのは以前の小学校へ転校した昭和四十三年四月一日をスタート日として今月末が「ゼロ」になるように毎日一日一日過ぎる度にカレンダーの数字を塗りつぶして、あと何日で義務教育が終わるのかが分かるようにしてきた。このカレンダーをスタートさせた日のところに記入された数字は「あと一八一七日」と記入してあったのが、今日「ゼロ日」を迎えられて心の底から喜んでいる。あとは、この施設を出るだけだ。

昭和四十八年四月一日　十五歳
家に帰れる日ももう近い　記載　良子

卒業した後も家へ帰るその日まで、毎日寮内の庭に生えている雑草取りをしている。うちが宇治の学校へ転校して来る前の小、中学校へ行っていた時、毎日暴力があったので、心も体も壊されて時々自分が今どこにいるのか分からなくなる事があった。今回、宇治へ来てからは、分からなくなる事は落ち着いて来たと思っていたが、施設に入所したとたん、また「わからなくなる」ということが時々あるみたいだ。洗濯機に入れられたり、雪穴に埋められたりしたからだと思っている。暴力をされていた学校へ行っていた頃、「お前時々指しゃぶりして『ドブドブ、ゲクゲクの家はどこ』などと言っていたけれど一体どうしたんだい」と皆が驚いて話していた事を思い出した。その様子を近くを通った保健室の先生が「あんた最近夢遊病があるようね」と言っていた事があるが、最近その状態がやはり毎日のように発症しているみたいだ。

そう言えば、家でも父や母が「お前なぜ小さな子の真似などするのだ」と大声で怒っていたのを思い出した。時々指しゃぶりをして「ドブドブ、ゲクゲクの家はどこ」と聞いたらしいが、そこはうちが生まれてから七年近く住んでいた家の近くの海に下水を流し込む管があって、そこから流れ出る水の音が当時は「ドブドブ、ゲクゲク」と聞こえていた。うちが子どもに戻った時、昔住んでいた家を探していたのだろうと思う。夢遊病で思い出した事がある。それは、京都の小学校へ行っていた時、道徳の時間で二年生担任の山本先生がクラスで見せてくれた映画の中に「アルプスの少女ハイジ」というのがあった。ハイジは優しいおじいさんと生活していたが、八歳になって間もない頃、親戚の人がハイジを遠くの町へ連れて行って、知らない人ばかりの家に置いて行った。そして、今まで経験した事のない生活が始まった。特に「ロッテンマイヤーさん」という女の人から毎日きつい言葉で注意され続いたため、ハイジは心が変になってしまった。夜になると眠ったたままの状態で家中を歩き回るようになった。すっかり心が病気になったハイジを診察したお医者さんの勧めで大好きなおじいさんの元へ帰ると以前のように明るいハイジに戻った、との物語だ。今の自分はハイジよりたくさん痛い目に遭わされているので、もっと重い病気になっているのかもしれない。

昭和四十八年四月七日　十五歳
悦びと哀しみが入り混ざった日を迎える　　記載　良子

四月五日に外泊として一泊だけ家へ帰って来た。家に帰るとすぐマー君に会って来ようと思い、母に「友達と会って来る」と言って出かけようとしたら、「明日また施設へ帰るのだから今日は外に出るのをやめておきな」と言われてしまった。仕方なくその日マー君に会うのはあきらめる事にした。今思えばあの時、母には黙ってでもマー君に会いに行っていれば良かったと残念に思うほど大きな出来事が今日四月七日にあった。うちは、今朝十時半ごろ無事に、あの施設を出る事ができた。迎えに来た母に連れられて午後一時頃、自宅に帰って来た。ついに嫌な義務教育と無理矢理入れられた施設からも解放されて晴ればれした気分で自由な時間を楽しんだ。

その後、遅い昼食をすませて今度こそはマー君に会って来ようと家を出た。マー君が十七歳になった日でもあるので、マー君に会ったらそのお祝いもしようと思いながら道を急いだ。久しぶりに新京極付近にあるマー君の家へ来て、心踊る思いで玄関のブザーを押すと中から「ハーイ!」と言う声が聞こえた。うちがドアを開けると大きな声で「良子でーす。今帰って来ました」と元気よく伝えると、奥からお母さんが出て来られた。今までは毎回「良子でーす」と玄関で言うと、その挨拶に答えてくれたマー君の姿が今日はない。

どうしたかなと思って「マー君はどこですか」と聞いた。すると「マー君はその床の中よ」とお母さんが言うので、急いで床へ行くとマー君の顔に白い布がかぶさっていた。その時はまだ実情を理解できないでいた良子は、その白い布をマー君から取りのけてその顔を覗き込んだ。そして思った。「マー君は今眠っている真似をしてうちをビックリさせようとこんだ劇をしているのだ」と。「マー君、良子だよ。今帰って来たよ。マー君、もうふざけていないで起きてよ。明日はマー君が良子に声をかけてくれて一年目の日だよ。それと今日はマー君が十七歳になったお祝いの日だよ」とうちは、大きな不安を払いのけるように一生懸命マー君を呼びかけた。

その時、思い出した「ある大きな不安」とは、三歳になったうちにいつも優しくしてくれた近所のおばあちゃんの家へ遊びに行った時の事、その日はなぜかおばあちゃんは、顔に白い布をかぶせて寝ていた。その時、誰かが顔の布を取ってくれたので、良子はおばあちゃんの近くへ行き幼児語で「バァバ、バァバ！　おっき、おっき！」と声をかけた。その時はおばあちゃんが眠っているものと思い、「良子が来たよ。おばあちゃん起きてよ」と言い続けた。すると、佐藤のおばちゃんがうちの手を取って、おばあちゃんの顔にもって行ってくれた。すると、うちは思わず「つっちい（冷たい）」と言うなり、手を引っ込めてしまった。良子が人の死を初めて知った瞬間だった。

あの日以来、優しかったおばあちゃんにはもう会えなくなった、そんな遠い日の事を思い出しながら今、マー君の白い布を思い切って外した。マー君はまるで眠っているかのように見えたので起きるのをしばらく待った。でも、いくら待っても起きてくれる様子がないので、そこで思い切ってそっとマー君の顔に手を添えた。そんな事はあってほしくなかったのに、その時、マー君の額から言葉では伝えきれないほどの悲しみが良子の手に伝わって来た。今日の午前十時三十分頃、マー君はバイクに乗っていた時、事故に遭って亡くなったとの事だった。今から四時間少し前までは元気な姿でいたのに、と思ったとたん涙が止まる事なくあふれてしまった。

その後、ピアノのアルバイト先のお店に行き、今日帰って来た事を話して来る事を思い出し、マー君の家を出た。本来なら笑顔一杯でお店のドアを開けて「良子でえす。今日帰って来ました」とお店に入ったはずなのに、今は悲しみがあまりにも大きすぎて「おばちゃん」と一言言うなりその場に立ちすくんで泣いてしまった。その様子を見たおばちゃんは何も聞かずにお店の奥へ連れて行き、「何かあったんやね」と言いながらうちが落ち着いて話せるまで待ってくれた。そうしているうちに少し気分が晴れたのでマー君の不幸な出来事を話す事ができた。「それはほんまに悲しいことやなぁ。今の良子ちゃんは、えろう辛い事やろうけれど、良子ちゃんのピアノを聴きたいとずっと待ってはるお客さんが仰山いらはるさかい元気を出して、今日も弾いておくれやす」と言ってくださったので、うちは気を取り戻して、四カ月ぶりにお店のピアノに向かった。

昭和四十八年四月十六日　十六歳

初めて弾いた葬送行進曲　記載　良子

ちょうど一週間まえの九日、一時三十分から教会でマー君のお別れ会があった。マー君が小さい時からお父さんとお母さんに連れられて通っていた教会とお母さんから聞いた。お別れ会には「ギオン」のおばちゃんも一緒に行ってくださるので、式場へ行く前に一度お店へ来るようにおばちゃんからお話があった。早く家を出てお店へ行くとおばちゃんは良子用にと喪服を借りて体に合うように長さを直して待っていてくれた。

教会ではマー君のお父さん、お母さん、そして教会の先生が温かくお迎えしてくださった。中へ入ると正面に花で囲まれた、マー君の写真が良子に向かって微笑んでいるように見えたので、その写真の前でマー君の笑顔を見ていると、お母さんが楽譜を持って来て、「良子ちゃん、お別れ会が始まる少し前にこの曲をマー君のために一曲ピアノで演奏してね。難しい曲と思うけれど、良子ちゃんなら充分に弾きこなせると思うわ」と言ってくださったので、「ハイ」と心良く返事して、その楽譜を受け取り、その曲の題名を見るとショパン作曲の「葬送行進曲」とあった。「これは今日初めて弾く曲ですけれど、マー君のために一生懸命弾きます」と言った。実際にはすごく悲しい日だったけれど、ピアノの前に座ると同時に悲しみから離れて無事に最後まで弾く事ができて、本当に良かった。

あの日から一週間後の今日、四月十六日は良子が十六歳になった日だ。以前からマー君との約束で良子の誕生日はマー君がお祝いをしてくれる事になっていたのに、すごく淋しい誕生日になったなあと思っていたら、なんとアルバイト先のお店へ電話があって、マー君のお母さんがわざわざ誕生日をお祝いしてくださるとの連絡があった。すごく嬉しかった。アルバイトが終わってから新京極近くの家へ急いだ。

昭和四十八年四月十八日　十六歳

母の表の顔から裏の本心は見抜けないよ　記載　良子

あの施設を退所した後も、時々相談所には行くことになっているので、久しぶりに相談所へ行ってきた。今日、うちに応対したスタッフとの話し合いの中で「あのように優しいお母さんを心配させてはいけないよ」と言われた。このスタッフから以前も同じように言われていた。その時は何も言わなかったが、今日はうちが思っている事を全部話す事にした。「お兄さんはお母さんに『お前なんか産むのではなかった』とか、『お前なんか大嫌いだ』などと言われた事ある？　また学校で暴力されて家で泣いていたら『うるさい！　泣くのなら外で泣け！』と言われた事ある？　うちの母ちゃんは毎日平気な顔で、うちにこんな事を言ってるよ。それどころか、三度のご飯もほんの少しだけしか出してくれていないよ。お兄さんはお母さんからこんな意地悪をされた事ありますか」と質問した。すると、そのお兄さんは困った顔をしてお母さんからそのような酷い事を言われた事もされた事も全くなかったと話していた。

本当に優しいお母さんに育てられたので、うちのお母ちゃんのような親がいることは知らなかったみたいだ。それに、お母ちゃんは人前では物腰も良く、その上テレビに出る女優さんみたいに人目を引くくらい美人な方なので、おおかたの人はお母ちゃんの本心は見抜けなくて、うちがいくらお母ちゃんの裏の顔を話しても、なかなか分かってもらえず、かえってうちがウソを言っているように見られてしまうのだ。それで、なかなか本当の事は相手に伝わらないもどかしさを感じている。母はそれだけ人前では良い人を演じるのが得意なのだ。また、「良子は勉強が嫌いなので、学校へ行きたがらない」と相談所で話していたようだ。でも、それは事実とは違っている事も話した。そして、体中につけられた暴力による傷を見せて、今はもう心がグチャグチャにされて勉強どころではなくなっている事も話した。

第三章　良子の今の思い

日本国憲法　　記載　良子

教育基本法

第二六条

「すべて国民は、法律の定めるところにより、その能力に応じて、ひとしく教育を受ける権利を有する。

2　すべて国民は、法律の定めるところにより、その保護する子女に普通教育を受けさせる義務を負ふ。義務教育は、これを無償とする。」

これこそ、私が将来ぜひ読むように言われていた「日本国憲法」の「教育基本法　第二六条」だ。これには「その保護する子女に普通教育を受けさせる義務」であって、子どもの側に教育を受ける義務がある事を定めたものではない、と分かる。どちらかといえば、「大人にはすべての子どもに教育を与える義務があると憲法では定められている」とするのが、正しい解釈であるはずなのに、当時の私はその解釈をすっかり取り違えた周囲の大人によって「義務違反は良子個人にある」と決められてしまって、当人が不登校をする。真の原因を調べてそれを取り払う事なく、私に対し無理矢理登校することだけが強要された。長期にわたる、数々の暴力を受けて、心身ともにすっかり破壊されて、全く身動きが取れなくなり、夢遊病やら解離性障害（多重人格）、そして幼児退行などの深刻な障害に陥っているにもかかわらず、なぜ登校することのみ求められたのかは、当時の関係者でなければ本当の事情は分からないが、それでも確実に明らかな事は「義務教育の義務」を違反したのは良子と決定づけた事は全く間違っているという事で、それは当時の関係者全員が知っていたことだ。なぜなら関係した人々は全員あらゆる教育に携わる教育専門家であったからだ。

しかし、何らかの不都合と不具合が生じたためなのか、その正しい解釈にはしっかり蓋(ふた)をして、ご自身にとって大変都合の良い解答を出して、それが正解であるかのようにしたのは実に不幸な事だ。この不幸な出来事について一人一人個人的には「これは正しい解釈でも、正しい解答でもない」と知っていながら、何らかの力が働くことから個人の意見は通らなくなったのか、あるいはそこに「無理が通れば道理が引っ込む」言い伝えが強く働いていたかのようにも思える。どちらにしても良子にとっては実に迷惑なことだ。また、このような不合理を無理強いされて、一生涯社会から取り残された人がどれほどおられるかはほとんど知られていない。

誰からも教わった事のないお話　記載　良子

私はそのおばちゃんを今までずっと「タンバリンのおばちゃん」との呼び方を通していた。おばちゃんも私がそのように呼んでいるのを心よく認めてくれて「ハイ」と返事してくださったので、いつの間にかそれがおばちゃんの本来のお名前であるかのようになっていたのかもしれない。本来のお名前は多分初めて会った時、聞いていたはずなのに、会う度にいつもタンバリンを持っているので、私はずっとその呼び方を通していた。私がすっかり成人したある日「ふっ」とおばちゃんの本来のお名前を覚えていなかった事に気がついた。今思えば随分のんきな事だと思う。

このタンバリンのおばちゃんからたくさんのお話をしていただいたが、今も心に深く残っているお話がある。それは「今の良子ちゃんにはきっとまだ難しいかもしれないけれども、良子ちゃんの将来のどこかで分かる時が来ると思うわ。その時『あの日、おばちゃんが話していたのは、この事なのだ』と思い出してね」と言っていた。それは「神のなさることとは、すべて時にかなって美しい」（口語訳聖書　伝道の書三章十一節）というお話だった。そのお話を初めて聞いた頃の私は、毎日血だらけになるほどのひどい暴力をされていた時だったので「本当に可哀想な良子ちゃん」と思ってくださった。タンバリンのおばちゃんが、私を慰めようとしてお話してくださったのだろうと自分なりに思っていた。

けれども、すっかり成人した今では、このお話を通しておばちゃんがあの時に何を伝えたかったのか良く分かるようになった。最初にそのお話を聞いたときは「今、良子ちゃんが毎日受けている暴力もやがてなくなって、それからのあなたの毎日は素敵に変えられるわ」とおばちゃんが話してくださったものと勝手に考えていた。あの当時はそのように思う事で気分的には随分楽になったのも事実だ。「すべて時にかなって美しい」とのお話を聞いてから五十年が過ぎた今では、あの言葉が大分理解できるようになったと思う。

私は幼い頃から「落ち着きのない子」「できの悪い子」「何をやっても不器

用な子」などとのレッテルを張られ、両親から呆れられる始末だった。そして、今日まで認められる事なく来た。それでも音楽だけはできがいいと認めてもらえたので、少しは救われたように思うが、他の学力が極端に悪かったので、「音楽の成績が良くてもそれだけでは将来役立つことはほとんどない」と親からも冷ややかな扱いを受けてきた。このように肉親からの評価はゼロ以下なものだったが、当の私は「ギオン」のお店で一流の歌い手さん方の伴奏をするお手伝いをしていたのだ。それも、一流の業界で活躍される人が出入りするお店で働かせていただけて、こんなに嬉しいことはない。「できの悪い子は、この家の子ではない」と小さい頃から両親からは何かと遠ざけられていたけれど、「ギオン」のお店のおばちゃんからは実にありのままの私を認めてくださって、大切なお仕事を任せていただいたとは大きな驚きでしかない。実に育ちの悪い子だったのに、少しずつそれも決して急がず、何度も優しく言葉遣いからお行儀まで教えてくださった。

今、考えてみると、あのところであの辛い出来事を通ってきたからこそ、その後の華やかなところでの活躍に結びついたように思う。多分このこともタンバリンのおばちゃんから教わった「すべて時にかなって美しい」との神様のお話につながっているのだろう、と今では思っている。あの所から急に宇治へ引越しが決まったのは、「お前が学校で途方もない迷惑な事をしたから」と言われて来たけれども、実際には私の方が散々迷惑なことをされて来た。ところがこちら側が、逆に責任を取らされるなんて本当に腹立たしくて不思議でならなかった。しかし、世の中ではこのようにする事で面倒な事をなんとか丸くおさめようとする事がよくあるようだ。私だけが手に負えないやっかい者と決めつけられ、他の子らの暴力や悪戯(いたずら)は何も取り沙汰されることはなかった。それだからこの私は初め、ものすごく腹立たしく思っていた。

ところが、京都方面へ引越しする前の最後のピアノレッスンを済ませて、タンバリンのおばちゃんへお別れに行った時、おばちゃんは今まで私が誰からも教わったことのない希望あるお話をしてくれた。「今回のことは良子ちゃんにとってはあまりにも不当過ぎて腹立たしいことだったでしょうけれど、その腹立たしく思った事一つ一つが今まで良子ちゃんを苦しめて来たすべての辛い出来事から全く抜け出すチャンスだと考えてごらんなさい。これこそきっと神様が良子ちゃんをすべての苦しみから逃げ出せるスタートを与えてくださったと言うことよ。今にその事が分かる日がきっと来るわ」と。このように、引越しして来てからの良子の身に起きた素敵な出来事を考えると、あの頃、「腹立たしい、悔しい」と思っていた事があったからこそ、その後の夢のような日々を深く感謝して過ごすことができたのだろうと強く感じている。

暴力をされる側にもその原因があるの？

記載　良子

今まで数々の暴力で辛い思いをして来たのに、「暴力をされたり、いじめを受けたりするのはされる側にもその原因があるからだ」と毎日私に酷（ひど）いことをしている男子らから言われたことがある。本当なら自分の子どもを守るはずの両親からも「それはお前にも悪いところや油断があるからだ」と言われて来たのだから、こんな辛い事はない。もしも暴力をされる理由がこの私の方にもあるのなら四日市の保育園や京都の小学校へ通っていた時も暴力やいじめがあっても不思議ではなかったのに、それどころかみんな私とは仲良くしてくれたし、その当時も家では満足に食事を食べさせてもらえなかった私に、自分が食べるお菓子を分けてもくれた。本当に優しい友達がたくさんいてくれた。それでも暴力をされても仕方がない原因がこちらにあるのなら、なんで四日市や京都にいたときは何の問題もなかったのか、それが別の学校へ行ったとたん私にも原因がある、と言い出すのだから、その理由をしっかり教えてほしいものだ。今までずっとそんな事を言われてきたので、京都へ帰ってきてからも気になっていた。

その後、お店のおばちゃんに聞いてみる事にした。すると、いつもは笑顔のおばちゃんの顔が急に強く引き締まったようになって「暴力をされて、良子ちゃんが暴力の原因まで押し付けられましたんかいなぁ。それはいけませんもし暴力される原因が良子ちゃんにあるんやったら、このお店に来てもらう事あらしまへん。それどころか良子ちゃんは、このお店へ来てくれはるお客さんや歌い手のお人にも大層気に入ってもろうとりますやろう。それだけでも良子ちゃんが人様に嫌われるような原因があるなんて少しも考えられへん事や。そこんとこはよく分かりますやろう」と言ってくださった。おばちゃんのこの一言は、今までずっと「お前に悪いところがあるからだ」「お前がだらしなくて、スキがあるからそうなったんだ」と散々言われていたので、すっかり自信をなくしている私だったが、今は少しずつ良い答えを自分の中に見つけられて本当に良かったと思う。自分と相性が合わないとか、気にいらないからとか色々あるだろうけれど、どれもこれも暴力をしても仕方ない理由にはならないし、「される側に原因があるから」などは絶対に暴力する側の口実以外の何ものでもない。これは「ギオン」のおばちゃんから教えていただいたことだけれど、私もそのように思っている。

正月でもないのに、おめでとう　　記載　良子

その日、夕方近くになって我が家へ遠くにいる伯父や伯母が五、六人も来て賑やかな食事会を持った。皆なぜか「良子よかったなぁ、おめでとう」と言ってくれた。「正月でもないのに何が『おめでとう』なのだろうか」と不思議に

思いながらも、その時は皆に合わせて笑顔でその場をつくろっていた。次の日の朝は前日遅くまで話し込んでいたので、すっかり寝込んでしまった。すると、母が「早く起きな、結婚式に間に合わなくなるよ」と大声で言ったので、「誰の結婚式に行くんや」と聞くと母は驚いたように「しっかりしなさいよ。あんたの式でないの」との返事に「ええ！　そんなの何も聞いてないよ」と私が反論すると「何を言っとる。今までちゃんと話し合って、準備をしてきたのを忘れたんか」と呆れるように言っていた。「そうか。それで親戚の人が大勢集まってくれていたのかぁ」とやっと分かった。そう言えば式場のようなところでピアノに合わせて、父と一緒に講壇に向かって式場内を歩く練習をした。その理由も分かった。

その二年前、私が独身の頃、主人から「私のところへ来ないか」と言われた、その時はてっきり二、三日遊びに行くものと思い込んで「はい！　行きます」と軽い気持ちで返事をしたつもりだったので、もちろん、その時は二、三日したらまた実家へ帰ってくるものと思い込んでいた。それが私の思いをはるかに飛び越えて、夢々考えていなかった決断を式当日に決定したなどとは、今さらのように自分でも驚いている。それにしてもなぜこのような誤解が生じてしまったのかを考えると、幼い頃から私は母から「お前のように学校へ行きたがらない者を好いて結婚してくれる物好きな男なんぞ、いるはずない」と散々言われてきたからだ。また、以前から我が家での会話と言えば、役に立たない冗談やからかい話、軽蔑話ばかりが次々と口から飛び出す毎日で、真面目な会話を真剣にするなどは全く縁遠い淋しい家庭なのだ。特に父は、喜劇役者の真似をするのが好きで、まるでそのストーリーをお手本にでもしているような生き方をしている。このような事情のある貧弱な考えしかない家で育った私は結婚の話が出た時もいつもの父の悪い冗談やふざけ事としか考えられず、結婚式前日を迎えた時でさえ、「親戚の人がこんなに大勢集まって、お父ちゃんのふざけ事にみんなはどこまで付き合うつもりなのかなぁ」

と考えていた。

この結婚式が冗談ではないと分かった時は実際に慌てた。それが事実と分かったのが式当日の朝だったので、その場を逃げる余裕など一切ない。そこで「自分の居場所など全くない、実家へ行くよりは自分を迎えてくれようとする家庭に行く方がいいだろう」と決心して、今日まで来ている。

勘違いもここまで来れば、楽しい笑いに　記載　良子

「ギオン」のお店でお世話になった五年間は今考えてもまるで夢の世界での出来事のように思える。それも好きで習い続けたピアノで私が生きて行けるようにとアルバイトのチャンスをくださった。そのお店のおばちゃんには感謝しても、しきれない気持ちで一杯だ。それまでは長い事、両親や学校など

からも「何もできない。どうしょうもない役立たずの子」と言い続けられて来ただけに、「ギオン」での貴重な体験は私が今まで生かされて来た日々の中で、群を抜いて素晴らしいものだった。それまではすべての事に自信を持つ事が困難な状況に追い込まれていたのに、ピアノのお仕事を通して、自信を持って生きていけるようにしてくださった。「ギオン」の皆さんともお別れをする時、おばちゃんは私が実家に来るような時は、必ずこのお店に顔を見せるようにと言ってくださった。そして、「良子ちゃんがお店に来やはった時はまた、ピアノを弾きに来てくれなはれ、皆して待っているさかいな」と言いながら私を心から優しく抱きしめてくださった。

しかし、別れを惜しまれている間も私は複雑な思いでいた。それはその時点では二、三日後にはまた京都へ帰ってくるつもりでいたので、お店の人は何でこうも派手にお別れを惜しんでくださるのかと不思議でならなかった。

私が、新家庭に入ってだいぶ過ぎた頃、実家へ行って来た時「ギオン」のお店の皆さんに挨拶を兼ねて私の元気な姿を見ていただいて来た。そして、式当日に自分の結婚式が今日ある事を知って、慌てふためいた事を話したら皆「エッ！」とビックリして私の方を見てから、お店の中に大きな笑いが起きた。どこでどう間違って大きな勘違いが起きてしまったのかを話すとさらに大きな笑いとなった。

父のしくじり、母のあやまち　記載　良子

母は結婚するに当たり、私にとってのおじいちゃんから多くの励みとなる言葉を受けた。その言葉の中で母が特に気になるのがあったようだ。それは「お前は結婚すると家計を預かる主婦になるのだから、主人が働いて持ってくる給料をしっかり管理できるようにしないとダメだ。いずれは、自分の住ま

いが持てるように日々しっかり節約する事が大切だ。自分の家が持てない者は一人前の人間ではない『甲斐性なし』と一生涯言われてしまうから、そのような者にならないように努力する事だ。自分の家を持つには、大きな決断とある程度の金銭を必要とするので、それを実現した者は『ひとつの事をやり抜いた者』として周りから認められるが、それができない者は『物事をやり抜く力のない甲斐性なし』と言われて一生涯肩身の狭い思いをするだろうから、そのような惨めな生き方をしないように」と言われた事だった。

自分の家を持って安定した家庭を築きたいとの母の思いは、私の父にも伝えたが「今、俺が目指しているのは、会社での昇進だ。昇進を考えている以上転勤は避けられないから。家を持つなどは先の話だ。昇進できれば、給料も良くなる。今は俺が昇進するために、それが実現できるために金を使うつもりだ」との返事だった。そして父は仕事を優先するあまり、平日はもちろんのこと、休日も会社で惜しみなく働く「会社人間」になってしまった。

その努力あって課長として昇進し、地方の会社へ移った。本人はそれを受け入れて新任地へ来たが、「オレがもっと昇進するには職場の人間関係を良くすることが大切だ」と考えて何を思ってか、毎週土曜日ごとに酒や料理などを母に準備させて、会社の部下に当たる人を五、六人も自宅へ招いては、午後七時頃から十一時近くまで酒を振る舞い続けては良い関係を作ろうとした。「部下との関係を良くしておくと、会社での仕事もプラスになり、それが本社に伝わると必ず良い結果を生んで、オレの昇進間違いなし」との父なりの考えを前提にした。計画の上での振る舞いだけに、この計画は絶対に外してはならないのだ。それだけに父は生活費を惜しみなくそれに散財し続けた。

この父に対して母は母なりの考えで、一日でも早く家を持ちたいとの決心を強く固めて、自分なりの方法で家造りの資金作りを実行した。それは「爪に火を灯す」方法であった。確実性から言えば、父の当てにならない計画よりは多分母の方が成功できると思えるのは不思議だ。「爪に火を灯す」とは口ウソクの替わりに爪に火を灯そうとするほどに程度を越えてまで節約をすることとして昔の人は言い伝えた。そして、母はその言い伝えを身を持って実行した。母が「爪に火を灯す」がごとき、節約を開始した方法は日常生活でのすべての出費をできる限り抑える事から始まった。その方法は、母と私の食事の量を最小限まで減らし、それで節約できた小銭を毎日貯め続けることを決心したことだ。私が乳離れした後、離乳食後、普通食と替わる中で、母は良子用にとセルロイドで作られた、軽くて見た目にはかわいらしい幼児用の小さな食器を購入した。購入した当時はそれで間に合ったのだが、年齢が上がってもなお、その食器をそのまま十三年間も使い続ける徹底ぶりだったので、私は年を重ねる度に、その年齢に必要な食べ物が不足して完全にそれなりの栄養が取れていない状態になっていた。しかし、母は父には分からないようにして、十数年間も一日もぶれることなく節約をつづけた。もしこの小銭が父に見つかると、全部父の部下への振る舞い酒に使われる事は目に見えて分かっているので、母は頭を使ってなんとか父に分からないようにして、やがて計画通り目的を達成させた。

しかし、母の目的達成の影には私が長年母に食事を減らされてきたため、栄養不足によりあらゆる箇所に成長の遅れが表れて、今となっては取り返しがつかない状態にあるのだが、母はそれをどこまで心に止めているのか分からない。小中学校の校医の先生から何度も私の栄養不足を注意されても、それを一向に改善しようとしなかった結果、今では良子の下顎に重大な障害を残してしまった。顔の上の部分は正常に近い状態に成長しているが、下顎は子どもの頃と変わらないくらい成長が止まっているため、顔の上下の釣り合いに大きく影響が出てしまった。それは見た目以上に悪い結果を与え、前歯の上下の噛み合わせが全くできない。上下の前歯のズレが大きく、八ミリほどの隙間ができているので前歯で食事を噛む作業は全く不可能な状態だ。今までは、母が家を手に入れるため、あらゆる節約を惜しまずにきたが、私の体に大きな障害を残してしまったため、長年母が最大の努力を重ねて貯めた金額のほとんどはやがて良子の医療費として消えてしまった。

これが「私が親にしたいと思う親孝行」と言った子　記載　良子

私が、彼の地で殺されそうな暴力を受けていたあの頃からすでに四十七年が過ぎた頃、夕食に近い時間帯に、たまたま見たテレビ番組で五十歳代後半と思える女性が八十歳近い実母を殺害した事について生々しく伝えていた。その女性は深い悲しみのある事情から今回大きな事件を起こしたとその番組は女性の生い立ちを交えて伝えていた。幼い頃から続く母親からの暴力にとうとう耐えてゆく力を失っての犯行で、家にあった花瓶で母親の頭を殴りフラフラになっているところに灯油をたっぷり振りかけて何も迷う事なく火のついたマッチを母親の衣服にポンと投げた。そして、その瞬間親の暴力から解放されて今は「ホッ」としているとは本当にかわいそうでならない。

その番組を見始めて間もなくして私はこの女性とはどこかで出会っているのを思い出した。それは私が十五歳の時、無理に入れられた施設で、それも同じ部屋で約四カ月間も一緒に寝起きを共にしていた女性であることをはっきり思い出した。もうすでに四十年以上も時が過ぎているので、見た目にはすっかり年を重ねた女性ではあったが、当時の面影が残っていたのと体の一部分に残る大きな傷が間違いなく彼女である事を示している。その傷こそ母親の暴力の酷さがどれほどの事であったかを表しているように思えた。

その女性は東山桜子（仮名）さんという子だったことも思い出した。施設に入所してからずっと東山さんとは色々な事を話し合った事を思い出す。親から心も体も壊されているのに親は言葉巧みにウソを並べて「この子を悪い道から立ち直すため」と言って、桜子さんは、あの施設へ入れられたと話していた。そして、「親が蒔いた結果で子どもが非行に走ってしまったのに、親は子どもがいつも良い子でいてほしいと思っているし、親を大切にしてほしいと思っているみたいだ。本当ならうちはこんな悪い子でいたくはないのに、親の不安定な性格と、とことん貧しい生活に疲れ切ってその不満を一日中うちに八つ当たりして騒ぎ立てるのだから、嫌になるよ。それでも大人は『親孝行をしましょう』とか、母の日が近くなると『お母さんを大切にしましょう』と言うけれど、うちの親のように子どもに対して恐怖を与えるだけの親に対してどんな孝行をすればいいのか教えてほしいものだよ」と淋しく言っていた。

東山さんが小学三年生の時、クラス全員で作文を書いた。作文の題は、「私が親にしたいと思う親孝行」だった。そこで東山さんは今の自分にできる親孝行を考えて、次のように書いた。「私は小さい頃から母に暴力を振るわれて来たので私が大人になり、力がついたらいつかはこの母を殺してしまいそうだ。だから、そうなる前に母の元を出て、遠くへ行こうと思っている。うちは小さい頃から親に暴力されて来たので、大きくなったうちにできる孝行はこれ以外には何も考えが浮かばない」と小学三年生の女の子がこのような作文を書いたとは驚きだ。十歳の時にはすでに「親を殺してしまう前に自立しよう」と考えていた桜子さんはその願いを実現できぬまま、最悪な道を選んでしまったが、きっと何か大きな不幸な出来事があったのだろう。

また悲惨な死を遂げた桜子さんのお母さんは、生まれながらの酷い差別と言葉にできないほど不当な扱いを受けて、その上、極限的貧困にあえぎながら日々の子育ても、思うようにできず、結果的に桜子さんへの虐待につながったようだ。桜子さんと良子が十五歳の時、施設の一室で話していた会話を他人が聞いたなら、驚くばかりの話だ。「うちが早く母ちゃんのところを出ないと、いつかは母ちゃんを殺してしまいそうで怖くなるよ。もちろん、早く家を出てそんな風にならないようにと考えてはいるけれど、家を出るのが間に合わなくて、母ちゃんを殺してしもうた事を知ったら、桜子は親を殺さなければ自分がやられると思うくらいの事があったのだろうと思ってや。うちの母ちゃんはうちがいつまでも力なしのちっちゃいオボコのままでいるとでも思っているようだけれど、今ではうちの方が何倍も力があるのをまだ母ちゃんは気づいていないので、なんだか悲しくなるよ。うちは小さい時から親に暴力され、それでも我慢してきた。でもこの親から自分を守るためにと考えて、もしもその親を殺したら、それがどんなに暴力的な親であってもその命を奪ったなら、命を奪った方が処罰されるのだから、これは本当に不当な事だよ」と淋しそうな顔をして、つぶやいていた桜子さんの姿が思い出された。

心も体も壊されて、望んでいない人生を歩まされたとは本当に辛く悔しい事だったろうと思う。「もしうちが不当な扱いや差別のない家庭に生まれていたら、今よりはましな普通の生き方ができていただろうなぁ」と桜子さんが言っていたことを思い出している。

過ぎ行く年月とともに分かったこと　記載　良子

新家庭に入って間もないある日、父が我が家に来てくれた。夕飯のテーブルについた父が私の前に出ている料理に目を向けて何を思ったのか「お前は毎日こんなに多く食べているのか」と驚いたように言った。父は長い間、母が私に出していた食事の量を見ても（その量が極端に少量であったのにもかかわらず）「女はこの量で十分満腹しているはずだ」と堅く思い込んでいた。なので、その日新家庭での父の前にある私の膳の量と父の前にある膳の量とに全く差がないのを見て思わず発した言葉が「こんなに食っているのか」と言うものだった。「このくらいは普通で別に多くはないよ。お父ちゃんが会社の人にお酒やおつまみをご馳走するのに夢中になってお金を使っている間、お母ちゃんは自分と私のご飯を極端に節約してそのお金で家を買おうと十五年間もコツコツ貯めていたけれど、そんな事お父ちゃんは何も知らなかったでしょう。『女はあまり食べないもんだ』なんて言うのはお父ちゃんが勝手に思い込んでいただけだよ」と、その時は笑いながら言った。

それからわずか五年後、あれほど情熱的に猛烈に働き、家族に大きな犠牲を払わしてまでも働き続けて来た父が会社を定年退職した。その上、念願の昇進はほとんど望み通りにはいかなかった。また、母があれほど一心不乱に極端な方法で資金作りをして購入した家は、ほとんど修理をせずに来たので、すっかり老朽化が進み、今では過ぎ去る年月を感じている。それだけ、この私も年齢を重ねているのだろうが、不思議なほど体の調子は良好で重い「トラウマ」の障害を持ちながらも、今のところ体には特に悪い箇所がない事は嬉しいと思う。「過敏性大腸症候群」の症状は、今でも個人的にストレスと思われる事があるといつでも容赦なく襲ってくる。それは健康な人から見ると、ほんの細やかなことであっても、ストレスと感じると、体全身のバランスを崩す原因となるので、日常生活は注意が必要と思われる。

母がネグレクトに走った訳　回想　記載　良子

ところで、母のネグレクトは、なぜ始まったのかを考えた。すると、なんとなく分かってきたことがある。それは、父が口癖のように母に言っている発言にその原因を知った。「俺がお前を嫁にしたのは、飯炊女として、俺が楽になるためだから、そのつもりでやってほしい。この家では金を稼ぐ俺が一番偉いのだ、ということを覚えておけ」などと平気で言っていることにあるように思えた。母は、父の前では「はい」と言って素直な良妻であるようにしているが、父がいないところでは、怒りを表し、その矛先を幼い私に向けて「嫌なお父さんに似ているお前など、見るのも世話をするのも嫌だ。お前など産むのではなかった」と言っては、私を退ける毎日だった。

それ以来、私に対する母のネグレクトが始まった。その昔は、家長はその家では最高の存在であるとばかりに横暴な行為を振る舞う人がかなりいたようだが、私の母の父（私の祖父）もその一人であったので、母の産みの親（つまり私の祖母）は、母が二歳の時に胃の疾患でわずか三十歳で亡くなった。毎日大声で容赦なく荒々しくこき使う祖父に一生懸命に従い続けた結果の不幸だったと聞いている。しかし、その祖父は、喪が明けるとすぐに後妻を迎えたが、その人にも手荒に厳しく扱ったので、それが原因となり、後妻はすっかり体調を崩してしまった。そして、「医者に行きたい」と祖父に申し出ると、祖父は激怒して「医者に行きたいだと、お前は何のために嫁いできたのだ！」と攻め続けられて、やむなくキノホルムという薬を買い、治療薬として用いた。しかし、その薬を飲み続けた結果、「スモン」という重い薬害に侵され全身の痛みと運動障害や失明までも発症してしまった。その時点から用のない厄介者呼ばわりされた後妻は失望しきって、私が十五歳の夏、七十歳を前にしてトイレの中へ一本のロープを持って入り、自ら命を絶ってしまった。それを見た祖父は、「せっかく嫁に迎えてやったのに、実にみっともないことをしてくれた」と怒りをあらわにした。

母も幼い頃から、何かにつけ祖父から大声で叱られ育ってきたため、自分を守る手段として嘘（うそ）をついてその場を逃れることを覚えた。たとえ、それが嘘と相手に知られてもその嘘を押し通し続けるようになった。今までにも母がたびたび見せた恥も外聞もなく発してきた数々の嘘もそのような過去の出来事から出ていたのかと少し分かってきた。また、母が親としての愛情を一切表せなかったのは、ママ母から愛情を受けてこなかった不幸が原因していたのだろうと少し思えるようになった。

嘉苗（かなえ）お姉さんとの出会い　　記載　良子

私が、京都駅前のデパートで初めて聴いた電気オルガンには、すっかり心が引きつけられて、いつかはぜひ習いたいと思っていた。あの日から五年が過ぎて、新生活をスタートさせ、街を散歩していた時、電気オルガンの教室の看板を見て、さっそく、教室の入会申し込み用紙をもらい受けてその教室へ通い始めた。今まで数々の虐待を体験した事で、脳に取り返しのつかないダメージが加えられ、その結果、私はあらゆる面にかなりの遅れが出て両親からも「何もできない役立たずな子」と言われる始末だった。

しかし、不思議にも音楽だけはこの身を守れるほどの力を発揮する事ができて、どれほど助けられて来たか分からない。それと同時に、あらゆる惨い仕打ちを受けながらもずっと、優しい人に助けられて今日まで生きて来られた事が不思議でならない。もし助けてくださる人との出会いがなかったなら、自分は今頃どのようになっていただろうかと考えた事がある。もうあのような腹ペコや暴力は今後一切ないだろうけれど、子どもの頃受け続けた残忍この上ない虐待による後遺症も、私が音楽に向き合うと音の世界に全精神を集中できるので、これは不思議なほど最高に心穏やかな気分にしてくれる。

このような事情だらけの私に深い関心を持って接してくださるお姉さんが、私にできたのはちょうど電気オルガンを習い始めた頃だった。そのお姉さんは「嘉苗さん」という私より少し年上のお姉さんで、その頃、作業療法士の道へ進む準備をしておられた。もともとはマーケティングの仕事をしていた経験から、私の音楽力は今後向上すると見てくださって、プロの道を進めるように芸能プロ養成所で本格的に電気オルガンを学べるようにしてくださった。初めは、二年ほど学ぶ予定だったが二カ月ですべてをマスターできたので、その後ブライダルの会社に所属して結婚した人の披露宴を盛り立てる、電気オルガン奏者として活動の場をいただく事ができた。それまで長い間「全くダメな子」とのレッテルを張られたのに。ここまで自信を持って、プロとして活躍できるまで支えてくださった。嘉苗お姉さんをはじめ多くの方々に心から感謝をいたします。実に不思議な事だけれど、この一時期は過去の数々の不幸な出来事の記憶すべてが私の頭の中から消えていて、私は日々忙しく活躍のチャンスを得るまでになっていた。

生きていて良かった　記載　良子

毎朝、私を悩ませる悪夢は、その後も習慣的に見続けている。これは言葉で表現できないほど、恐ろしく不気味な夢なので、見ないですむのなら消してしまいたいと思うが、現実的には無理なので目を覚ました時点で一気に床を出て、ウォーキングに励んでいる。それを五年、六年と続けているうちに私の体調は最高に良くなっていることが分かった。ウォーキングを始めたきっかけは悪夢の恐怖を頭から追い出すためであったはずだが、それが結果的に自分の健康を最高に良くする助けとなっているとは、これこそ実に「不幸中の幸い」と思われる。

その「不幸中の幸い」で思い出された事は、母が家を購入する事を強く願って日常的に節約する決心したまでは良かったが、私の食事の量とすべての副食の味付けにいたるまで極端に節約するなどの細々過ぎるほどの少額な金の貯め方を実行した母の愚かさにすっかり振り回された私だったが、しかし極端と思われる食事の薄味はいつの間にかそれが私の好みの味覚となって、成人した現在も自分の中に残っている。そして、その薄味が塩分の取りすぎによる「生活習慣病」からは全く縁遠い状態にしてくれたことが分かって、自分ではかえって驚いている。このようにプラスの考えができるようならかなり回復しているように思えるのだが、実際は私が積極的に考え方を変えただけで、今も毎年過去の恐怖体験をした日を向かえると、その日、体に傷づけられた痛みを脳が呼び戻す。そして、暴力を企てる相手の浴びせる、ののしる声が頭を駆け巡る。その恐怖からただちに「子ども帰り」を引き起こす現象からは何も解放されていないのが現状だ。

そのため、今でも本人の意思とは全く逆な「死にたい！」との思いに、とりつかれて生きて行くことが無性に辛くなることがある。それでも最近は「生きていて良かった」と思える時が多くなっている事に気づき、ある日、嘉苗お姉さんに会えた時、やっと「生きていて良かったと思えるようになった」ことを伝えたところ、「良子ちゃんがそのように思える日が来ますようにと毎日お祈りしていたわ」とすごく喜んでくださった。あれは確か今から十年ほど前に嘉苗お姉さんが良子をお見舞いくださった時「生きていて良かったと思える日まで、毎日お祈りしているわ」と言ってくださった言葉を今でもはっきりと覚えている。

それから私は、こんなことを始めた　良子の声かけ（一）

記載　良子

天候が良い日は太陽が登る少し前より四十分近くウォーキングをしているが、それは雪が降りそうな寒い朝のこと、いつもの時間に家を出て近くのコンビニの前を通りかかった時、店の駐車場の隅で十代後半と思われる男女五、六人が車座になり何やら話し合っていた。本来ならまだ寝ている頃だろうに、何の目的もなく、なんとなく集まって喋りまくっているのだ。

笑顔を絶やさず弾むような声で話し合う様子を見ると、楽しそうに見えるがほとんどの子が自分の家に居場所がなくて、淋しさをまぎらせるため、同じ境遇の男女がねぎらい合っているのだろうと、この私は今までの自分の辛い体験からそれがよく分かる。今、彼らは大人に声をかけてほしい、そして、自分の存在に気づいてほしいと思っているように見える。そこでその場で足を止めてその子たちの方へ近づいて声をかけた。

「お兄さん、お姉さん。おはようさん。こんなに朝早ようから楽しそうに何を話してはるの。寒くあれへんの？」

「それは寒いわなぁ。お姉さん時々見かけるけれど、散歩かい」

「そうや。朝の散歩はいいよ。皆はこんなに早ようから何のお喋りをしてはるの？」

「金や。金儲けの話に決まっているじゃん。お姉さん何かいいことないのかなぁ」

「皆ほんまにいいことあれんへんと思ってはるの」

「金はないし、いいことあるわけないよ。そんな事言っているお姉さんには何かいい事でもあるんか」

「あるよ。皆は今、目があるやろう。耳も聞こえるやろう。お喋りもできるやろう。ご飯も一日三食は食べてはるやろう。それだけでも最高にいい事なんよ」

「そんな事、当たり前だよ。そんな事がいいことなんて、考えてみた事なかったよ」

「その当たり前と思う事が一番いい事だって、何年か前の大地震を経験した十代の女の子がテレビで、『毎日何の変化もない普通の生活を送れるのが最高に幸せと今は思える』と言っていたけれど、それは本当だと思うよ」

「そうかぁ、考え方一つでいいことって変わるのだね」

「そうだと思うよ。それに皆この世に産まれて来られた時点で何兆億分の一の確率で、この世に産まれて来たさかい、超難関な競争に勝って、全員選ばれて今この世に来れたんよ」

「へぇー　考えてみると確かにそうだ。超すごい競争に勝って産まれて来たって分かるよ」

「そうよ。皆選ばれて今ここにいるんよ」

「オレは自信が湧いて来たよ。なんだか希望が出て来た気がするよ」

そのような事を話してからお別れしたけれど、きっと皆自分の生きる道を見つけてくれただろうなぁーと思っている。

やはり、見て見ぬふりはしたくない　良子の声かけ（二）

記載　良子

その日の朝もウォーキングをしていると外灯の下でタバコを吹かす男子が目に止まった。まだタバコが吸える年齢にはほど遠い年頃の少年少女たちだ。今までは未成年者がタバコを吸う時は、人目を避けるようにしていたけれど、最近は何も気にせず堂々と吹かせるのは、それを見ても注意する大人がいなくなったからだろうと思う。今まで虐待をされても見て見ぬふりをされ、辛い思いをさせられた私は、その時は見て見ぬふりをできないと思い、いつもできるだけ声をかけるようにしている。

「ギオン」のお店でアルバイトをしていた時、お店のおばちゃんが教えてくださった事だが、「相手にその間違いを伝える時は相手の立場に立って話すと思いのほかその間違いを分かってもらえるもの」と言っていた事を思い出しながら、今回もそれを参考にして声かけをした。

「あれ！　お兄さんたちタバコを吸うてはるけれど、私の話を聞いてくれますか」

「いいよ。どんな話かい」

「今からお兄さんたちに聞きたいのは、車は何を燃料にして走るか知ってますか」

「それは分かるよ。車はガソリンで動くって決まっているよ」

「そうだよね。もしその車のタンクにガソリンではなくて、水やジュースを入れたらどうなると思う？」

「決まっているじゃん。車のエンジンがダメになって、動かなくなるだけだよ」

「そうやろう。そんな事をしたら、車が走らなくなる事くらいは皆知っとりますやろう。それと同じことや。まだ大人の体になりきっていない十代の体にお酒やタバコを入れたりすると若いうちに体をダメにするんよ。だから、そのところを良く考えはった方がいいと思うわ」

「確かにそうだね。お姉さんうまいこと言うなぁ。今から体をダメにはしたくないもんなぁ。タバコをやめるの、今からでも大丈夫かなぁ」

「それは大丈夫や。今日やめた方が明日やめるよりは、絶対いいと思うわ。皆にはこれから楽しいことたくさんあると思うわ」

「確かにそうだと思うようになって来たよ。お姉さんの言う通りにするよ」

「嬉しいこと言ってくれて、ありがとう。でも、ひと言付け加えると、やめている途中で一本吸ったとしても、オレはダメだと思わず、最初は今から十分吸わんようにしようと考えて十分吸わんかったら、また十分吸わん時間を延ばすようにすると、途中で吸ってしまっても、次に吸わない時間を延ばせば、いい記録ができて、その達成感が味わえるのでその方がいっぺんにやめようとするより、現実的らしいわ。ところで、タバコは今、一箱いくらするんやろう。仮に五百円くらいとして、一カ月一万五千円やろう。それを一年間にすると十八万円や。十年間で百八十万円にもなるでぇ」

「すげえ。でかいなぁ。そんな風に考えたことなかったよ。一日ではそんなにでかいと思わんでも十年だとでかいなぁ」

「そうやろう。それである人が思い切って、タバコをやめてタバコ一日分の金額を毎日コツコツ貯めて何年間後にはそのお金で豪華クルーズで世界旅行をしはった人がいたそうやで。あんたらならまだ若いから、これを実行したら四十代でクルーズ船での旅も夢ではないと思うわ」

「クルーズは今のところ特に興味ないけれど、別な目的ができそうだね。お姉さんの言う通り、まずタバコをやめることにするよ」

と、そのような会話をしている間にも、タバコの火を消してくれていたので、自分のことのように嬉しくなった。あの日、私はやはり見て見ぬふりをせず、声かけができて本当によかったとつくづく思っている。

第四章　著者であり夫である寛の思い

記憶から消えた、恩ある人々

記載　寛

終戦後、長きにわたって平和と向き合って来たすべての人々を突然襲った「サリン事件」は平和を望む人々に大きなショックを与えました。良子は直接その現場に居あわせたわけではありませんでしたが、あの恐ろしい出来事は良子にも大きな衝撃を与えました。その時のショックがあの過ぎ去った一時期の恐ろしい記憶を一気に爆発させる原因となってしまいました。そして彼の日、彼の時をきっかけに来る日も来る日も本人の頭の中を過去の恐怖が駆け巡り、それは払っても、払っても取り除くことができない、最悪な状態を作りあげてしまいました。

彼の不幸な事件がまき散らされた日から、二十数年後の現在も良子の頭の中を巡る恐怖は少しも衰える事なく、むしろあらゆる後遺症を増やして本人を心身ともに破壊しようと襲って来る日々が絶えず続きます。そして思い出したくない記憶が次々と吹き出すと同時に大変不思議な事ですが、長年良子がお世話になった恩ある人々についての記憶もすべてが、本人の脳から根こそぎ消えてしまうという不思議な事が起きました。あれほどの恩を受けて来たはずのタンバリンのおばちゃんをはじめ、小松のおばちゃん、四人の漁師さん、そして良子にピアノのアルバイトをさせてくださった「ギオン」のおばちゃんやそのお店で良子のピアノ伴奏で歌ってくだった歌手のすべての人々が、その記憶から消えてしまいました。その時までは機会ある度に再会することもあったのですが、その日以後は一切思い出すこともなく、なんと十年近くも恩ある人々の記憶がすっかり消えていました。

それが「アッ！　いつも良子を助けてくれている漁師さんだ！」と私を見て叫んだ日に始まった、良子の「子ども帰り」の症状が表れて以来、徐々に恩ある人々の記憶が良子の頭の中に戻って来たようです。それも「子ども帰り」した時に「今日、小松のおばちゃんの家へ行って来たよ」と言うように当時の出来事を再現しているような中で、その昔お世話になった出来事を今日あった出来事として語る時に本人の記憶の中に恩ある人が思い出されるきっかけとなっています。そんな不思議を毎日体験しています。しかし、あの痛ましい「サリン事件」が突然起こった日以来、良子の記憶から消えた人々との交流はすっかり途絶えてしまい、その期間があまりにも長かったため、それまでに他界された方が多くおられ、良子はその事が心残りとなっています。

物言えぬ人々に寄り添い続けた文筆家　　記載　寛

戦前は教員になるには師範学校を卒業して教員の資格を取る必要がありました。その資格を持っている正規の教員が先の戦争で多数召集令状を受けて、戦地へ送られてしまったため、すっかり教員が不足した一時期がありました。その不足を何とか補おうとの処置が取られ、にわかに女学校を卒業してまもない十代半ばのまだ大人になりきらない若い娘さんたちに重責の伴う教員の要請が出されました。その依頼に従った少女たちは一定の期間必要な学びを授けて試験に合格すると、各小学校へ使わされたのですが、その後もしばらくは「助教錬成所」といわれるところで、教員としての道理や心構えなどの学びや訓練を受ける事となっていました。

後年、坂村真民先生の詩「タンポポ魂」を私に紹介してくれた伯父、徳永康起は、戦前戦後当時数少なくなっていた教員免許を持った正規の教員として、某小学校に勤務していましたが、終戦を四カ月後に控えた昭和二十年四月、国鉄（現在のＪＲ）鹿児島線沿線の「佐敷駅」にほど近い小学校へ転勤が命じられ、そのかたわら代用教員となった少女たちに教員の訓練をする「助教錬成所」で講師を務める役目も任せられました。康起伯父が責任を持つ事になった「助教錬成所」に来ていた少女たちの中に吉田道子さんが在籍していました。吉田さんは十六歳の時、卒業した中学校の校長先生からの勧めで代用教員の道を進む決心をした後に、その訓練所での学びに参加しました。しかし、吉田さんの本心は、他の学びを受けたかったのですが、国の非常時で急遽代用教員としての重い責任を果たす決心をした一人となりました。しかし、現場での働きは想像をはるかに越えて厳しく、つい先日まで一人の生徒であった者がいきなり教員の立場で教える事になって、本来なら教員免状を持った正規の教員が持つべき数々の悩みまでも一人前に持たされたのです。そして、不本意な道を歩まなくてはならない現実に苦しむ毎日でした。その悩みを講師の諸先生方に訴えたのですが、どの先生も吉田さんの飾り気のない率直な意見を受け止められず、むしろこの少女からは距離を置きたいとする先生方ばかりでした。当時は戦時下でもあり、国の方針に異論を発する事は難しい時代でした。

しかし、そのような時であっても徳永先生は吉田さんの素直に語る悩みにも心よく耳を傾けました。その時、どのようなアドバイスを徳永先生から受けたのかは分かりませんが、それ以後、吉田さんは今まで不本意と強く感じていた事を乗り越えて、その後代用教員の責任を果たす事ができました。そして、終戦から二年後、結婚と同時に教員は退職して生まれながら持ち合わされた文章を綴る才能を生かして「石牟礼道子」として執筆の活動をスタートしました。ちょうどその頃、日本は荒廃した国土と経済の再建を急ピッチで進めていた頃で、そのため人命尊重を無視した対策を取っていました。その結果、四日市での化学物質による大気汚染喘息で苦しむ多くの人々を生み出し、熊本県の水俣では手足の感覚や言語、視覚などに取り返しのつかないほどの重い障害が表れ、日々苦しい生活を余儀なくさせられる人々が多数見受けられたのもこの頃でした。水俣を中心に発生した病の原因が工場廃液の有機水銀を海に放出し続けた結果発生したものと分かり、後に公害「水俣病」

と認定されました。

石牟礼道子さんはご自身が住む土地と海がすっかり汚染された事実と多くの人々が恐ろしい公害病患者と分かっても障害の重さから何一つ言葉を発する事ができない人々に寄り添い、それを世間に知らせる決心をしました。そして苦しみを訴える事ができない人々の無念さを代弁するかのようにそのすべてを記録して、「これは世界最大の大事件」と考え、一作家として世間に発表しました。そして、物言えぬ弱い立場の人々に一貫して寄り添う文筆家として一生涯その活動を貫き通しました。

シベリア抑留から生還した教え子　記載　寛

石牟礼道子さんの活動を生涯、見守り続けた徳永康起伯父は一九三二（昭和七）年熊本師範学校を卒業した後、自ら希望して山村の小学校で教員人生をスタートしました。当時も今も山村の学校を自ら希望して行く教員は多くはないと思われますが、伯父は二十二歳の時、山奥の僻地へ行きたいと申し出たその理由は伯父が小学生の頃、担任教師がある日、「こんな田舎の学校へ来るのではなかった」と小声で言った独り言をたまたま偶然に聞いてしまい、子ども心に感じる事があってそれ以来、「自分は将来、この学校よりもさらに山奥の小学校の先生になろう」と考え十数年後にはその思いを実現させました。その小学校は、熊本県南部の人吉盆地を流れる球磨川（富士川、最上川と並ぶ三急流）の水源に近い山中に位置する分校でした。近くの村には、子守歌で名高い「五木村」があります。

それほどに、山奥の学校へ通う子らは世の中から取り残されたようになっている現実を見て、伯父はこの子たちが自信を持って社会進出ができる教育をしようと、その子たちとさらに強く向き合いました。伯父が担任を任せられたクラスに大変気になる「柴本清二」（仮名）という少年がいました。彼は幼い時に母親を亡くしたので、母の愛情を知らず炭焼きの仕事に明け暮れする父親と淋しく過ごす少年でした。炭は今でこそ需要の高い価値ある商品と認められていますが、昭和初期の頃は炭焼きで生活の糧を得る事はかなり厳しかったと思われます。柴本少年は幼い頃から「炭焼きの子は学校の先生からも相手にされない」との劣等感を強く持っており、新任教師の徳永先生にも反抗的な態度を表す少年でした。前任の教師が柴本少年に対して今までどのような対応をしていたのかが何となく分かるようです。父親の収入は乏しく、少年の世話をする時間などはあまりない暮らしで、他の子らからは訳ありの差別も受けているほどで、いつかは非行に走り兼ねないと思われる少年になっていました。

徳永先生はこの少年の事情を知り、彼を自宅へ招き入れて寝食を共にするならきっと彼の反抗心も和らぐ事であろうと思いさっそく家庭の温かさを彼に提供しました。柴本少年と徳永先生との生活が進むにつれて彼の心の歪みは消えて、やがて笑顔の絶えない穏やかな少年へと変えられて行きました。柴木少年が成人した頃、日本は戦乱に陥り、彼も戦地へと召集されました。終戦後も消息不明のままで、彼が祖国へ帰還できたのは終戦から五年も過ぎた頃でした。彼は召集後、中国の奥地へ送られたのでしょう。終戦間近い頃、参戦したソ連軍によって捕まえられ、捕虜としてシベリアに送られて劣悪な環境の中で強制労働に従事させられていました。そして終戦から五年も過ぎた一九五〇（昭和二十五）年、抑留から解放されて無事帰国しました。そこでの五年間は激しい寒さと飢えと重労働の連続で多くの戦友が日を追うごとに亡くなったにもかかわらず、柴本清二さんはその危機的事態を生き延びて、故郷へ帰って来る事ができました。

彼が最悪なシベリアの収容所から無事に生還できたのは少年の頃、山奥で激しい貧困と差別とに耐え抜いた精神力と鍛え抜いた体あってのことですが、それ以上に「小学生の頃、心から親身になってくださった徳永先生に必ず生きて再会するぞ！」との強い願いを持ち続けることで、どん底のなか生きて帰りました。そして、恩師との再会を願って某新聞社の読者欄に「子どもの頃、お世話になった恩師、徳永康起先生を探しております」と投書したところ、それが徳永先生の目に止まって、後日柴本さんは三十二年振りに恩師との再会を果たしました。

その後、彼は割烹店を開店させるまでになり、後年、徳永先生と地元の教育関係者をお迎えして恩師を会席された方々に紹介しました。柴本清二さんが通っていた山村の小学校に徳永先生が着任して、四十年後のことでした。これは戦前戦後の荒れ果てた時でさえ、健全な心を持つ学童を育てる教育を強い信念を持って成し遂げた結果、体験できた大きな喜びです。良子を「よそ者」「仲間外れ者」として辛くあたり続けた六人の男の子らが通う学校に徳永康起伯父のように偏見や差別を一切持つことなく一人一人の人間性を大切にした教育者が一人でも赴任していたなら、彼の地の少年少女たちも柴本清二少年のように日常をむやみに過ごすことなく、また弱者への暴力などする事もない、健全で心豊かな学童生活を送る事ができたでしょうにと思われます。

崇高なる愛「アガペー」　記載　寛

「アガペーとは相手のために、しかも自らに敵対し不利益を与える相手のためにさえ、あえて自己犠牲を甘受して、その相手のために献げて行く。何一つ見返りを期待しない心と生活である」。これはホーリネス教団牧師及びアガペーファミリー・ケアーセンター代表、峯野龍弘先生が開催されるセミナーでモットーとしている一文です。アガペーとはギリシャ語で聖書の中に記される「神の愛」を指し、人間同士の愛とは異なる「愛」といわれます。人間同士の愛は条件が変わるとたちまち心変わりしてしまいますが「アガペー」は決して揺れ動くことのない「愛」です。この「アガペー」といわれる愛を深く学び、それを実際に行う事ができるならば心に傷を持つ人の回復に大きな成果が表れる、との強い確信をもとに開催されるセミナーです。このセミナーでは心に傷を負った人が回復する上で周囲の人々が実行すべき事を次のように挙げています。

「心に傷を持った人は長い間すべてを否定されて来たため、その後遺症として、現在の状態を発症しているので、まず彼らの要求は無条件に受け入れましょう。そして彼らの行動を規制せずに積極的に応援して助けましょう。たとえ『このような行いは良くないのでは』と疑問に思う事があっても、その善し悪しをはっきり伝え、正論を押しつけるような事はしない。また彼に欠点や失敗があっても、それを改めさせようとしたり、気にしたりせず、急がず慌てず、彼より先に物事を進める事をせず、むしろ彼に寄り添うようにしましょう。その発言や行動を指図したり、引き止めたりせず、また彼の気力を奮い立たせるために励ます事や急ぎ立てる事も避けましょう。彼らは今までプライドを深く傷つけられて来たので、そのプライドが取り戻せるように絶えず彼に感謝の言葉と称賛の言葉を心から述べましょう。彼らが希望する事や求める事に対しては余裕を持って受け答えをして温かくユーモアのある言葉かけをしましょう。そして、彼のために一生懸命全力を尽くしたとしても、彼から何かの見返りを期待したり、ありがたく思ってもらいたいとの考えは一切拭いましょう」。これはセミナーで学んだ中の一部分を私なりにまとめた一文ですが、この一つ一つを日常的に気軽にそして普通に表せるならその効果はこの上なく大きく、いい結果も喜びも極めて大きい事と、最近私も分かりかけて来たように思われます。

我が家だけの決まり事　　記載　寛

十代初め、恐怖との戦いに明け暮れた良子は、日常生活を普通に送ろうとするだけで、それが強いストレスになってしまったので、すべてマイペースでの生活ができるように、「我が家だけの決まり事」を次のように決めました。ただしこれは、あくまでも本人の負担を少なくするためのもので、負担と感じなくなった場合は本人の思い通りにしても良いとの大まかな決まり事です。

一「何事も頑張り過ぎず、気持ちに余裕を持って生活する事」

良子はとにかく少女期に想像を越えた苦痛だらけの日々でありながら、周囲からは常にどこまでも頑張る事だけを求められ、それは限度を越えた要求であったために、成人後も全身の緊張が取れない状態が続いたので、今は自ら力をゆるめて、生活できるようにと取り入れたものです。

二「他人と自分を比較し、照らし合わせて自分を低く見てしまわないようにする事」

本人には生まれながら持ち合わせた素質があるにもかかわらず、連日不当な扱いを受けて来たため、プライドをも剥ぎ取られ、今もなお自信喪失から抜け出せずにいます。そこで、自分の中にある能力に自信が持てるようにとしました。

三「自分の体に合わない食べ物や食べられないものは無理に食べなくても良い。自分の体に本当に　必要とする食べ物だけを食べればいい」

好き嫌いなく食べるほうが健康に良いとされて来たのですが、良子は体質上、体が受け付けない食品があるので、「自分の体が必要とする物だけ、食べれば良い」を加えました。

四「朝は起きたい時に床を出て、夜は寝たい時にいつでも床についても良い」

恐怖体験をする時期があまりにも長く続いてしまった良子は、脳に大きなダメージを受けているので、以前は午前三時、現在は毎朝四時過ぎになると必ず恐ろしいまでの悪夢を見て、目を覚ます日々をかれこれ二十数年も続けています。目を覚ました後、良子は直ちに起床するようにしています。それは再び寝ると、また悪夢でうなされる事になるので、そこは自発的に行動できるように加えました。

五「自分が楽しいと思える事は好きな時に自由に気兼ねなくしてもいい」

今までは力づくで無理難題な要求を強く求められ、押し付けられて来ただけに、良子は今なお、他人からの束縛から抜け出すのが困難な状態です。そこで「自分が楽しく思える事は自由に気兼ねなく」を加えました。

六「我が家は他の家庭とは違う点があってもいい。それを我が家の個性として普通のこだわりも一切取り払って、我が家に一番合った日常を送る」

二十歳になった年の秋に新生活をスタートさせた良子は、様々な点で未熟さを感じて主婦としての責任を果たす自信が持てず、日を追うごとに不安がつのるばかりなので、本人の負担をなるべく軽くできるように「主婦」

という家庭を切り盛りする責任を横に置いて日常生活が送れるようにしました。しかし、このように責任を感じなくてすむ方法を生活の中に取り入れたとしても、生活が特に大きく変わる事などはありません。それでも本人が気持ちの上だけでも、気軽になる事を願って、「他の家庭とは違っても良い」をモットーにこれを我が家のスタイルとしました。

七「体調が悪くなり、少しでも痛みがある時は決して我慢せず、早めに必要な処置をとる事」

幼い頃から常に我慢する事を求められて来た結果、良子は痛みに対してはいつも我慢してしまい、病院へ行く時は大分体調が悪化してからとなるので、全快するまでにはかなり時間を必要として来ました。そこで現在は体調不良の症状が現れた時点で早め早めの処置を取る事としました。複雑この上ない障害に侵されて、心蝕まれた良子が少しでも負担を減らして生活できるようにとセミナーで学んだ教えを参考に私なりにとらえて「我が家だけの決まり事」をまとめました。

あとがき

　ベトナム戦争の任務を終えて、戦地から故郷へ帰って来た元兵士が、ある日、突然自分がベトナムのジャングルの中で戦っている錯覚に襲われてしまいました。そして「自分はすっかり敵に囲まれている」との強い恐怖が沸き上がり、思わず自宅にあった銃をその場で乱射した、と報道された事件がありました。それは実際には全く平和な彼の自宅で発生した出来事でした。ベトナム戦争は実に悲惨な戦いで、彼はそこで課せられた任務を終えて、無事祖国へ帰還したのですが、戦場で様々な悲惨な出来事を目前にして、重い「トラウマ」を発症していたのでしょうか。その結果、発生してしまったのが、先ほどの不幸な出来事のようです。あの痛ましい戦争もすでに終結して、ベトナムにも穏やかな日常が戻りつつあるその時の出来事でした。

また、近年報じられた出来事でも、元兵士による銃乱射事件がありました。その兵士は他国の紛争地へ派遣されたのですが、無事に祖国へ戻った後、紛争地で体験した恐怖が爆発的に蒸し返される「トラウマ」を発症させて不幸にも銃を乱射する行為に走ってしまったとのことでした。彼らは戦地へ向かう前に実践的訓練は充分受けたので、何者にも屈伏する事のない最強な体と精神力を充分に兼ね備えて後、戦地へ向かったはずです。その甲斐あって、激しい任務も最後まで務め上げて、無事生還し今までできなかった自分の計画を進めようとしていた矢先の出来事でした。

彼のすべての計画は「トラウマ」発症と同時に消え去ってしまったとは実に不幸な悲しむべき出来事であったに違いありません。強くたくましい肉体と精神とを兼ね備えていた兵士でさえも、その人生を根こそぎ破壊してしまう「トラウマ」について現在は徐々に広く認知されるまでになって、当人にとってはこの上ない大きな喜びです。特に二〇〇〇年後期にNHK教育テレビ（現Eテレ）で「人間講座　トラウマの心理学」と題して「トラウマ」についての学ぶ講座が放映されましたが、この学びを通してさらに多くの人々がこの障害について理解を深めてくださり感謝しています。

たつみ寛

著者紹介

たつみ寛(かん)

一九四二（昭和十七）年七月、大阪市大正区にて生まれる。

先の戦争で孤児となった少女たちを預かっていた某養護施設で、これまた、戦争未亡人となっていた母が再婚するまでの少し間、お手伝いをした事があった。それは孤児として入所した少女たちに和裁を教えるためだった。母は当時六歳になる寛共々、しばらく近くに身を置きながら働いた。あの無謀な戦争で一瞬にして家もろとも家族全員を失ってしまい、行き場をなくした少女一人一人の苦悩に絶えず耳を傾ける施設長や母の姿を毎日間近で見ていた寛は、子どもなりに自然と様々な事を学ぶチャンスを得ていたと思われる。某養護施設での体験はほんの三カ月にも満たないものだったが、そこで見聞きした出来事は寛のその後の生き方に大きく影響を与え、成人後、京都で出会った良子との新生活をスタートさせる上で大きな助けとなった。

生きていて良かった 虐待されても

二〇二一年七月二十七日　第一刷発行

著　者　たつみ寛
発行者　堀切幸治
発行所　株式会社アイシーメディックス
〒一〇一 - 〇〇二五
東京都千代田区神田佐久間町三 - 九
第三田中ビル三十一号
電　話　〇三 - 三八六四 - 四〇〇五
ＦＡＸ　〇三 - 三八六四 - 四〇六〇
ＵＲＬ　http://www.icmedix.com
発売所　株式会社 星雲社
（共同出版社・流通責任出版社）
印刷所　日本ハイコム 株式会社
企画・編集　旺麗言舎
挿　絵　湯沢伴恵
ＤＴＰ　有限会社デジタルプロセッシング

ISBN 978-4-434-28815-9